好きな人がバレたら死ぬラブコメ
俺を好きじゃないはずの彼女が全力で惚れさせようとしてくる
強くてカッコよくて
大好きな青山くんと!!
再会したのっ!!
もう色々、
・無理。
無理。

Overlord

覇王学園

〈恋愛学〉について

・次代を担う人財育成の一環として本年度より〈恋愛学〉を必修科目として追加する。

・好きな人がバレた生徒は、退学処分とする。

・〈恋愛学〉で一位となった生徒は〈特待生〉とし、〈推薦状確約〉、〈理事長権限行使〉、〈強制交際権〉など一つだけ望む権利を付与する。

・〈強制交際権〉を行使した場合、告白された異性は交際する義務を負う。

・〈恋愛学〉の点数は、課せられた課題に対し異性を『ドキドキさせた分だけ』点数が入る。

・〈特待生〉または〈仮・特待生〉を対象とした場合、獲得点数は二倍になる。

・本年度より本校は寮で男女一人ずつの相部屋による同棲生活となる。

※〈仮・特待生〉に限り、同棲相手を指名できる。

Academy

「……やられっぱなしっていうのも、趣味じゃないな。今の点数は返してもらう」
「お弁当を、作ってきたんだけどっ……」

「お近づきの印として、
履き古したブーツをプレゼントしますわ」
八矢秋葉《はちや・あきは》
青山を困らせることを生きがいとする運動神経抜群の少女。青山とは中学時代からの仲。
冬坂麗華《とうさか・れいか》
青山に興味津々な冬坂財閥の令嬢。あらゆる男子生徒から好意を寄せられている。

好きな人がバレたら死ぬラブコメ

俺を好きじゃないはずの彼女が全力で惚れさせようとしてくる

玖城ナギ

ファンタジア文庫

3093

口絵・本文イラスト　みすみ

好きな人がバレたら死ぬラブコメ

俺を
好きじゃない
はずの彼女が
全力で
惚れさせせようと
してくる

目次

プロローグ　とある少女の独白

わたしには好きな人がいます。

かつて『神童』の名をほしいままにした天才。青山夏海《あおやまなつみ》くん。

齢《よわい》十歳にして『フェルマーの最終定理』を独力で証明し、末はタイムマシンを発明するか、火星をテラフォーミングするかと期待された数学界の寵児《ちょうじ》。そして、わたしにとっては……勉強を教えてくれる、かっこいい男の子。

当時、地元の新聞社が何度も彼の記事を取り上げ、世界中から高名な学者がお忍びで彼を訪ねてきていたことを、わたしは知りませんでした。

わたしの知っている青山くんは、いつも難しい本を読んでいて、わたしには意味さえわからないような問題をスラスラと解いてしまう、とっても『強い』男の子でした。

——結局、わたしは最後まで、彼に好きだと言えなかった。

彼はとても強い人だったから。

わたしは弱くて、なにもできなくて……ただ彼に勉強を教えてもらうだけの、普通の女の子でした。それなのに、そんなわたしが彼のそばにいたいと願うのは……どう考えても分不相応なワガママだと、子供心にも思っていました。

彼と出会い、共に過ごした十日間。

小学四年生から五年生に上がる前の春休み。

いつも勉強を教えてもらっていた図書館で、もう二度と会えなくなるかもしれない彼に、わたしはこんな風に言いました。

「覇王学園《はおうがくえん》に行きたい」

当時、新設されたばかりだったそこは、東大に入るよりも難しいと噂《うわさ》される高校。別名、『天才の養成機関』でした。そんなところに凡人のわたしが行きたいだなんて、笑われても仕方のない妄言です。

それでも、青山くんは決して笑わずに「どうして？」と尋ねてくれました。

「強い人になりたいから。……青山くんも、そこへ行くんでしょ？」

勉強のできる彼は間違いなくそこへ行くのだと、当時のわたしは思っていました。

だからこれは、わたしにとって『再会の約束』。

もう一度あなたに会いたいという、精一杯の告白でした。

「そうだな……。うん。俺も、覇王学園へ行くよ」

意外にも少しだけ間をおいて、彼はそう答えました。

わたしは『約束』できたことが嬉《うれ》しくて、無邪気にこう尋ねました。

「青山くんは、どんな大人になりたいの？」

その質問に面食《めんく》らったように、彼の表情が固まりました。

わたしはなにか失敗したのだと思い、とても焦《あせ》ったことを覚えています。

でも、ほんの少しだけ考えて……彼はとても温かな微笑《ほほえ》みを浮かべてくれました。

「俺は……優しい人になりたい」

甘酸《あまず》っぱい笑顔に、胸がきゅっと締め付けられました。

顔が勝手に赤くなって、なぜか涙が出そうになって……もうこのまま時間が止まってしまえばいいのに、と神様にお祈りしました。

きっと、彼は覚えていない。

弱いわたしのことなんて、すぐに忘れてしまう。
だけど、五年後……もし、覇王学園で再会できたら。
わたしが強くて、魅力的な女の子になれていたら。
その時は――

ちゃんと胸を張って、彼に好きだって伝えたい。

第一章　俺の青春がデスゲーム

　その日、俺は『運命』と再会した。

「わたしは……強い人になりたいです」

　覇王学園《はおうがくえん》の入学式。煌《きら》めくスポットライトの照り返しを浴びながら、壇上で白銀の少女が新入生代表の挨拶をしている。

　今年度の入学試験で全教科満点を叩《たた》き出した首席——桜雨春香《さくらめはるか》。

　まるで、妖精のような女の子だった。

　白銀の髪に透き通るような白い肌。人類の限界を軽く超越したような色素の無さは、彼女の持病に由来するものだ。

　アルビノ。またの名を、先天性メラニン色素欠乏症。

　遺伝情報の欠損により、生まれつきメラニンが欠乏する遺伝子疾患。

　体毛や皮膚が『色素』を持たなくなり、紫外線に対する耐性が低下する。重度の患者は屋外で過ごすことも困難になるらしい。

他人を怖がらせることが嫌いな彼女は、前髪を長く伸ばして目元を隠している。

しかし俺は、その下にとても美しい紅玉の瞳があることを知っていた。なぜなら、俺はずっと昔に彼女と会ったことがあるからだ。

かつて、俺を『氷の世界』から引き上げてくれた恩人。

覇王学園で再会を誓った『運命の女の子』。

五年前、図書館で出会い、勉強を教え……俺が人生で初めて好きになった女の子は、目の前にいる彼女なのだと、一瞬で確信した。

首席の挨拶が終わり、体育館中から拍手が沸き起こる。

そして、今度は俺の番。

そう。この俺、青山夏海《あおやまなつみ》も、新入生代表として挨拶するように言われているのだ。

なぜかは、わからない。

入試の出来は控えめに言っても平均程度だったはずだが……。

首席の少女――桜雨と入れ替わりでマイクの前に立つ。

理事長からは、この学園で学び、その後に『どんな人間になりたいか』を述べるようにと指示されていた。ならば、俺がここで言うべきセリフは一つだろう。

「俺は、優しい人になりたいです」

それは、俺なりの『告白』だった。

彼女が五年前の約束を覚えているかどうかは、定《さだ》かでない。

それでも、彼女は覇王学園へ首席で入学し、『強い人になりたい』と、あの日と同じ言葉を口にしてくれたのだ。

ならば、俺も逃げるわけにはいかない。

彼女と再会を誓ったあの日から、俺は彼女のためだけに生きてきた。

いつかきっと再会し、恋人になって、彼女を幸せにする──それだけを夢見て、今日まで自分を磨き続けてきたのだ。

これから始まる学園生活に思いを馳《は》せながら、俺は挨拶を締めくくった。

拍手に包まれながら席へ戻ると、今度は理事長がマイクの前に立つ。

「二人とも、素晴らしいスピーチをありがとう。この学園でしっかりと学んでください」

ブランドものと思《おぼ》しき、仕立ての良いスーツに身を包んだ長身痩躯《そうく》の男。

まだ三十代半ばに見えるが、その声音には妙な貫禄《かんろく》がある。覇王学園の理事長を務めるのだから、よほど敏腕なのだろう。

「我が校が目指すのは、『次代を担《にな》う人財育成』です。勉学はもちろんですが、人間としての成長も必要不可欠。特に、学生時代に良い恋愛を経験した人間は、社会に出てからも大成する可能性が高い、という研究データがあります」

「そこで――本年より、我が校では〈恋愛学〉を必修科目として追加しました」

ざわっ……！と会場が揺らいだ。

俺を含めた多くの生徒が戸惑いの表情を浮かべている。

「詳細は追って担任から説明させますが、諸君には、強制的に異性とイチャイチャしてもらいます。これは、学生時代に良き恋愛経験を得るための一環です。しかし、不純異性交遊は絶対に排除せねばなりません。よって――」

「好きな人がバレた生徒は、退学処分とします」

意味がわからなかった。

ちょっと待ってほしい。さすがの俺も、理解が追いつかない。

もし理事長の言葉がそのままの意味だとすれば、俺は、せっかく再会した『運命の女の子』に『好きだ』と伝えることもできないのか……？

茫然《ぼうぜん》とする俺をよそに、理事長の説明は続く。

曰《いわ》く、良い恋愛を経験するためには、正しい知識が必要であること。そのために〈恋愛学〉を学ぶ必要があること。正しい知識もなしに『好きな人』を吹聴《ふいちょう》する行為は、不純異性交遊が目的であると考えられること。また、自分にとって最重要機密事項である『好きな人』の情報が流出することは、『次代を担う人財』として相応《ふさわ》しくないこと。

以上の理由から、好きな人がバレた生徒は退学処分とする、と繰り返した。

「しかしながら、これは生徒諸君にとって理不尽な話です。そこで、交換条件として『褒賞《ほうしょう》』を用意しました。〈恋愛学〉で一位となった各学年の生徒を〈特待生〉とし、一つだけ望む権利を付与することにします。卒業後の進路に向けた〈推薦状確約〉。私の代わりに一度だけ理事長として動いて良い〈理事長権限行使〉。そして……本校の好きな異性と付き合える〈強制交際権〉……！」

再び会場にざわめきが起こる。

だが、今度はネガティブな雰囲気ではない。

それどころか、全校生徒がある種の期待を持って、理事長の次の句を待ち望む空気が伝わってきた。

「……そう。〈特待生〉が〈強制交際権〉を行使した場合、告白された異性は交際する義務を負います。これは校則です。そして、校則違反は退学。つまり〈特待生〉になれば、好きな人と強制的に付き合えるのです。ゆえに……恋愛弱者よ、立ち上がれ‼」

その瞬間、体育館は熱狂に包まれた。

まるで有名なアーティストのライブが始まったかのように、大勢の生徒が立ち上がって歓声を上げる。

……いつの世も、恋人がいる恋愛強者は二割くらいのものだ。

八割の人間はそんなリア充たちを憎み、好きな子とアレコレする妄想に耽《ふけ》って我慢している。そして、いつかチャンスが来れば……！と、歯ぎしりしているのだ。

そうやって待ち望んだチャンスが、今、やって来た。

本来なら、俺だって大いに喜んだことだろう。

『運命の女の子』と再会する前の、昨日までならば。


「────ぜったい、一位にならなきゃ」


死神の鎌が俺の心臓を抉《えぐ》った。

振り返ると、壇上で俺の隣に座っていた首席──『運命の女の子』である桜雨も立ち上がり、理事長へ向けて拍手をしている。

(うそ……だろ……?)

難聴系主人公でもなければ、鈍感系主人公でもない自分を後悔した。

そのセリフ、その拍手が意味するところは、ただ一つ。


再会した『運命の女の子』には、好きな人がいるのだ。


しかも、それは俺ではない。

もし彼女が俺との『約束』を覚えていて、今も変わらず俺のことを想《おも》っていてくれたならば、先ほどの俺と同様に〈恋愛学〉を邪魔に感じるはずなのだ。

そうならないということは、『再会の約束』ごと俺のことをすっかり忘れているか、あるいは、『約束』を覚えていても好きな人は別にいて、その人と付き合える可能性が低いから、こんな制度が出来て喜んでいる——ということになる。

鋭い系主人公である俺は、当然のようにその真実へ辿《たど》り着いてしまった。

視界がぐにゃりと歪《ゆが》み、内臓が逆流したいと蠢《うごめ》く。手足が痺《しび》れ、体温が下がり、軽い酸欠状態に陥った。頭の中では、再会した『運命の女の子』が他の男とイチャイチャしている悪夢が流れ出し、精神がボロボロと崩壊を始めた。

（……お、落ち着け、青山夏海！　まだ逆転の手はあるはず……‼）

長らく使っていなかった脳みそに活を入れ、古びた歯車を回し出す。

吐き気を堪《こら》え、走馬灯のように回る悪夢を必死に押し止《とど》め、大好きな女の子と俺が恋人同士になれる未来を懸命に探した。

すると……たった一つだけ、その未来へ至るルートが浮かび上がる。

「…………！」

彼女に倣《なら》って立ち上がり、拍手し始めた俺を、驚いたように見上げてくる。

ずっと思い出の中にいた、最愛の彼女。

だが今日からは、彼女こそが最強のライバルだ。

「――悪いな、首席。〈恋愛学〉一位は、俺が頂く」

そうだ。それしかない。

同学年の生徒を全て薙《な》ぎ倒し、『運命の女の子』さえ押しのけて、俺が〈特待生〉になる。その上で〈強制交際権〉を使用し、桜雨春香を指名する。

　俺が彼女と結ばれる方法は……もう、それしかない――‼

こうして、『運命の女の子』と再会した俺は、好きバレ＝死亡《たいがく》のデスゲームに巻き込まれてしまった。

◇

あの後も入学式はつつがなく進行し、色々な人が挨拶していた。

……が、正直、全く覚えていない。

久しぶりに本気で動かした脳内では、このデスゲームに勝利する方法を求めて、目まぐるしく思考が飛び交っている。

とりあえず、桜雨に『約束』を覚えていると感づかれるのはマズい。

そんな昔のことを覚えていると知られれば、「わたしのこと、好きなの？」となり、速攻で俺の『好きな人』がバレてゲームオーバーだ。俺は退学となり、彼女と交際する未来は消え失《う》せる。

そして彼女は、俺のいなくなった学園で、俺の知らない他の男と——

「〜〜〜っ！」

急に痛み出した胃を、制服の上からぐっと押さえた。

落ち着け、青山夏海。

まだ慌てる時間じゃない。

逆に考えよう。もし桜雨が俺との『約束』を覚えていなければ、俺は再度、彼女との関係をゼロから構築し、俺に惚《ほ》れてもらう必要があった。そう考えれば、その手間をこの馬鹿げたデスゲームが一任してくれているのだ。必要となる労力は同じか、現状の方が少ないとも言えるだろう。

そんな風に考えると、自然と胃の痛みも治まってきた。

案内された教室の席に座り直し、ゆっくり息を吐き出していると……隣の席のイスが引かれた。

「……よっ、よろしく……」

随分とぶっきらぼうな挨拶だった。

まったく、最近の若者はまともに挨拶すらできないのかね——などと思いつつ振り返ると、俺の全身が凍った。

美しい銀髪ロングに白い肌。

桜雨春香が、すぐ隣に座っていたのだ。

(んなっ⁉　なんで彼女が俺の隣に——⁉)

動揺する心中とは裏腹に、頭の冷静な部分が論理的思考を開始する。

新入生。案内された初めての教室。座席指定。指定方法は出席番号順。つまり、このクラスの生徒を五十音順に並べる配置。俺は『青山』だから、出席番号一番。窓際《まどぎわ》の最前列。そして、彼女は『桜雨』。そうか。だから偶然、俺の隣の席に指定されて——

ここまでの思考、わずか一秒。

動揺は顔に出ていない。自分で自分を褒めてやりたかった。

本音を言えば、今すぐにでも彼女が『約束』を覚えているか確認したいが——先述の通り、それは許されない。

ゲームはもう、始まっている。

『好きな人がバレたら退学』なのだ。

「……よ、よろしく……」

努めて平静を装《よそお》い、彼女に挨拶を返した。

今日から俺も、まともな挨拶すらできない若者の仲間入りだ。

と、ここで俺は、ある重大な事実に気づく。

（……待てよ？　初対面で、彼女の容姿に触れないのは不自然じゃないか？）

そう。もし俺が本当に『約束』を忘れていた場合、俺と彼女は、今日が初対面ということになる。

美しい銀髪に真っ白な雪肌《ゆきはだ》。これほど特異な美貌に対してなにもコメントしないのは、『昔から知っていた＝約束を覚えている』と自白することに等しいのではないか。

いや、しかし……いきなり他人の身体的特徴に触れるというのも、それはそれで失礼だし、自然ではない気もする。とはいえ、この健全な男子高校生が、これほど可愛《かわい》い女の子に話しかけられて自然に受け答えするのもおかしいだろう。

だれか教えてくれ‼

『自然な対応』って、なんだ⁉

「「……あっ、あのっ！」」

とにかく喋《しゃべ》らなければ、と口を開いた俺の声と、彼女の声が重なる。

お互い、気まずい空気のまま固まっていると……教室のドアが勢いよく開いた。

「おらー。席につけー」

間延びした漢《おとこ》口調で指示をするのは、若い女性教諭だ。

黒い女性用スーツに、水色のインナー。シャギーの入った黒髪。眠たげな三白眼。極め付けは、口元にくわえた電子タバコ。……あれ、どう見ても元ヤンなんじゃ……。

教師らしくない風貌と言動に戸惑いつつも、生徒が自分の席へと戻っていく。

クラスの生徒全員が席に着いたのを確認すると、先ほどの女性教諭が気怠《けだる》げな調子で黒板にチョークを走らせた。

印象とは裏腹に達筆な文字で『美硯《みすずり》 巻菜《まきな》』と書き記す。

「担任の美硯だ。全教科を担当する。安心しろ、アタシは優秀だ。教員免許は一切持ってないがな。趣味はバイクと尋問。信条は『己の心に従って生きる』。どこにでもいる、平凡な効率厨《ちゅう》だ。よろしく」

……どこからツッコめばいいんだ？

教室中の生徒が同じ思いを抱いている気配を感じる。

当然、教壇に立つ美硯先生もその気配には気づいたはずだが、「時間の無駄だから、質問タイムはナシだ。次行くぞー」と流してしまった。

なるほど。己の心に従って生きている。

「一時間目の内容は……新入生に向けたオリエンテーションと〈恋愛学〉の補足説明か。……めんどくさい。学園やカリキュラムの概要は、配布した『しおり』を読んでおくように。それじゃ、本題の〈恋愛学〉に行くか」

そのワードが出た途端、教室の空気がいくらか緊張した。

おそらく、全生徒がそれを気にしているだろう。

そういう意味では、質問コーナーや退屈なオリエンテーションを飛ばしたのは英断と言える。本人が自称したように、効率厨かつ優秀な教師というのは、あながちハッタリではないのかもしれない。

「お前ら、〈学生証〉は身につけているな?」

美硯先生が自身の左手首を指差し、多くの生徒も自身の左手を見た。

そこには、覇王学園から支給されたスマートウォッチ――通称〈学生証〉が巻かれている。この学園では、基本的に二十四時間この〈学生証〉を着用することが義務付けられ、入浴時のごく僅かな時間を除き、外すことが許されないのだ。

「画面をタップしてみろ。ホーム画面に〈恋愛学〉のアプリが入っているな? 今後、〈恋愛学〉はそのアプリを通じて多くの操作を行う。詳細なルールも閲覧できるので、各自、確認しておくように。……さて。では、概要を把握するためのトライアルと行こう」

そんなことを言いつつ、手元のタブレットを操作する。

すると、生徒たちのスマートウォッチ――〈学生証〉に、〈恋愛学〉の課題として『三人以上の異性と連絡先を交換する』という項目が追加された。

「サービスだ。内容は新入生向けにしといてやったぞ。ほい、始め」

パン、と手を叩《たた》き開始の合図を示すが、生徒は誰も動かない。

そのまま五秒が経過した辺りで、美硯先生が「……ん?」と電子タバコを揺らしながら疑問符を浮かべた。

「なにをしている? 時間がもったいないぞ? 〈恋愛学〉は必修科目だ。課題の達成・提出は必須。できなければ赤点。退学だ」

退学の二文字に、ビクっと反応する生徒たち。

「……やれやれ。仕方ない。新入生諸君を歓迎する意味を込めて、もう少しだけ背中を押してやろう。いいか? お前たちは、下心で異性の連絡先を聞くわけじゃない。教師に、ひいては学園に強制されたから、仕方なく異性の連絡先を聞くんだ。しかも、その連絡先交換が断られることは滅多にない。なぜなら、相手も課題達成のために異性の連絡先を必要としているからだ。そうは思わないかね?」

……確かにその通りだ。

教室にいる生徒の空気が、大きく変わっていくのを感じる。

「加えて言えば、最初の三人に限っては、まず交換を断られることはないだろうな。課題達成には、最低でも三人の連絡先が必要だ。ならば、どんな可憐《かれん》な乙女も、眉目秀麗《びもくしゅうれい》なイケメンも、とりあえず三人までは異性と連絡先を交換する——そうだろう?」

すっ……と、席を立つ生徒が現れた。

そのうちの何人かは入念な準備運動を開始し、他の数名はクラウチングスタートの体勢をとる。中には拳を握ってシャドーボクシングを開始する生徒もいた。

「……さて。では、もう一度号令をかけよう。〈恋愛学〉第一課題、始め」

今度は美硯先生の手を叩く音が聞こえない。

クラス中の生徒が上げる絶叫にかき消された。

「冬坂《とうさか》さん！　ぜひ俺と――おぶっ⁉」

「どけぇ！　邪魔だぁッ‼」

「きゃぁあーーー‼　渡世《わたらせ》くーーーーん‼」

「痛《い》ってぇ！　足踏むんじゃねーよ、ブス‼」

「あんたこそスペース取り過ぎなのよ、デブ‼」

「八矢《はちや》さん、ぜひ僕とおっぱ――連絡先を‼」

「あの！　水城《みずしろ》くんですよね⁉　ずっとファンで――」

「ああ〜！　冬坂さん！　踏んで！　ぼくを踏んでぇ〜‼」

一瞬で地獄絵図と化す室内。

まだオリエンテーション中だったらしい隣のクラスの生徒が、何事かと窓から身を乗り出してこちらを見ている。……安心するといい。もう少ししたら、そちらのクラスもきっとこうなる。

嵐のような教室内で、俺は席に着いたまま動かなかった。

しかし、そんな身体《からだ》とは対照的に、頭の中では目まぐるしく思考が飛び交っている。

ひとまず、桜雨に近づく男は偶然を装って殴り飛ばしてやろうかと思ったのだが、そんな心配は杞憂《きゆう》だった。桜雨は自分の席に座ったまま動かないし、そんな彼女に声をかけようとする男子もいない。

まあ、それも理解できる。

幻想的な美しさを誇る桜雨だが、日常という名の世界では、明らかに異質だ。

どんなに美しい少女でも、その容姿が自分とかけ離れていれば近寄りがたい。それが人間の正直なところだろう。

まして、彼女は長い前髪で目元を覆い隠している。

目が見えない分、表情が読みづらい。そのため、余計にコミュニケーションのハードルは上がっているように感じた。もっとも、目を見せたら見せたで、真紅の瞳も近寄りがたいだろうが……。

（…………状況を整理しよう）

ゆっくりと深呼吸して、思考を整える。

俺の目的は〈恋愛学〉で一位をとり、桜雨と付き合うことだ。

そのためには、点数を稼がなければならない。

具体的には、『三人以上の異性と連絡先を交換する』必要がある。点数だけを考えれば連絡先交換の相手は誰でもいいのだが、どうせなら桜雨の連絡先が欲しい。

しかし、俺以外に好きな人がいるとはいえ、桜雨は俺との『約束』を覚えている可能性がある。迂闊《うかつ》に連絡先を聞けば「わたしのこと、好きなの？」となり、死亡確定だ。ここはあくまで偶然を装い、自然な感じで連絡先を聞くことが望ましい。

（……そうだ。俺と彼女は席が隣同士。このまま『一番近くにいた異性だから』という体裁で聞くのはどうだろう？）

我ながら名案だった。

むしろ、それが一番自然な行動に思えた。

俺はポーカーフェイスのまま席を立つ。表情は崩さない。

よし。このまま『一番近くの席だから、連絡先を交換しないか？』と聞けば――

（…………ぐはぁ⁉）

そこで俺は、己の失態に気づいた。

隣の席の子に話しかけるのに、席から立ち上がるのは不自然ではないか？

不自然だ。これは、明らかにおかしい。

たとえば、隣の席に男友達が座っていたとして、そいつに話しかけるためにわざわざ席から立ち上がるだろうか？

立ち上がるわけがない。俺自身、そんな状況で立ち上がったことなど人生で一度もないのだ。それなのに、こんな不自然な挙動をとって連絡先を聞いてしまえば、動揺してるのはバレバレ。「わたしのこと、好きなの？」と返されても仕方のない状況だった。

加えて、改めて考えると無表情なのも変だ。

先ほどのやりとりの件もあるが、過度に表情を消すのは逆に怪しい。

初対面の女子に話しかけて連絡先を聞くのだから、ある程度、照れや動揺がある方がむしろ自然なのではないか？「そんなに必死に表情を抑えて……」と悟られれば、一発で好きバレしてしまう。

またしても、『自然』のハードルが立ち塞がった。

だから、『自然』ってなんだよ⁉

己の失敗を悔いていると、ガタン！と大きな音を立てて桜雨が立ち上がってしまう。

まさか……聞くのか⁉

異性に⁉　連絡先を⁉

「…………！」

桜雨は、僅かにこちらを振り向いた……気がする。

前髪が長いせいで確証はないが。

しかし、なにかに気づいたかのように、すぐに明後日《あさって》の方向を向いて、席に座り直してしまった。

どういうことだ⁉

そのムーブの意味は⁉

まさか……あえて意味深な行動をとることで周囲の注意を引き、男に連絡先を聞かせようという作戦なのか⁉　天才か！　くそぅ、首席めっ‼

（くっ……！　かくなる上は……‼）

俺は再び席に座り直し、筆箱の中から消しゴムを取り出した。

少々あざといが、仕方ない。

この消しゴムを桜雨の足元に転がし、拾ってもらったのをきっかけに会話を始める！

桜雨は着席したまま、ノートを開いてシャーペンを取り出し、なにかを書いている。こちらへの警戒はほぼゼロだ。……行ける！

（ゆけっ！　我が消しゴムよ‼）

俺の叡智《えいち》とあらゆる技巧を結集した消しゴムは抜群のコントロールを誇り、桜雨の足元へと転がっていった。

絶好の位置だ。男子の俺が取るには少々きわどい女子の足元。それでいて、桜雨にしか気づかれないであろうポイント。ミッションコンプリート。

だが……。

「………………」

気づかない……だと……⁉

困った。これでは、今日の俺はもう、シャーペンで書き損じることすら許されない。

……いや、そんなことはどうでもいい。

この作戦も失敗となれば、一体どうやって『自然に』連絡先を聞けば……。

瞑目《めいもく》し、黙考すること数秒。俺は悟りを開いた。

(そうだ。俺個人の力など、たかが知れている。こんな時こそ、先人の知恵を――)

俺はノートとシャーペンを取り出した。

拝啓。桜雨様。

陽春の候、ますますご隆盛のことと存じます。

さて、この度、私は桜雨様と連絡先交換をさせて頂きたく、お手紙差し上げた次第です。つきましては、放課後、体育館裏に――


ビリリ！という紙を破く音と、ぐしゃぐしゃと丸める音が隣の席からして、俺は我に返った。……落ち着け、青山夏海。今時、ラブレターなんて書く奴《やつ》はいない。あと、放課後だと明らかにタイムオーバーだ。

万策が尽き、頭を抱えていると……ポン、と後ろから肩を叩《たた》かれた。

「やっほー、ナッツ」

振り返ると、『今風』を絵に描いたような男子がヘラヘラと笑っている。

「なんだ水城か……」

「オレの扱い、ひどすぎん？」

水城蓮《れん》。中学時代の同級生で……まあ、友達のようなものだ。

ふわふわの茶髪に着崩した制服。世間では、こういうのを『おしゃれ』と呼ぶらしい。

実際、水城は勉強もスポーツもそこそこだが、女の子にはモテていた。

なにしろ、要領がいい。大して勉強ができるわけでもなく、時間もかけていないのに、ちゃっかり覇王学園に合格しているのだから、真面目に頑張っている奴らからすれば、たまったものじゃないだろう。

「なんでいるんだ？　というか、同じクラスだったのか？」

「そだよー。席遠いから、今まで絡《から》まんかったけど」

「さっきの『水城くん』はお前かよ。つか、ファンってなんだ？」

「オレ、バンドやってんだよねー」

「初耳だな。色々と節操がないことは知ってたが」

「まあ、エアギターなんだけどさ」

「エアギターなんかい」

それは事実上、バンドをやっていないことと同義なのではないか。

しかし、『面倒なギターを弾く練習はしないけど、ギターを弾く奴がモテるという結果だけは、あっさりと掻《か》っ攫《さら》う』という在り方が、実に水城という男を表していた。雰囲気の達人とでも言えばいいのか。

「ところで、ナッツは連絡先聞けたん？」

「……お前はどうなんだよ」

「このクラスの女子はほぼコンプリート♡」

「相変わらず手が早いな……」

「教室に案内された時から、ずっと交換してたからねー。あと二人だけー」

そう言うと、水城は俺の席を離れ、すぐ隣の席の正面に回り込んだ。

「あっ……」と俺が意味のない声を上げるより先に、桜雨へ話しかけてしまう。

「やっほー。オレ、水城。奇遇なことに、クラスメイトなんだよねー。てことで、LINE交換しない？」

俺が散々探し求めた『自然さ』を完璧に体現しつつ、スマホを差し出す。

どんなことでも要領よく、器用にこなす。

今だけは、水城のことを羨ましいと思ってしまった。

……だが。

「いやよ」

腕を組んだ桜雨が一刀両断する。

「わたし、チャラい人は嫌いなの」

「……ナッツ。オレ、人生で初めてフラれたんだけど」

「いや、フラれてはないだろ」

「LINE断られるって、そういうことじゃん!?　可能性ゼロってことじゃん!?」

「いや、そうとは限らな――」

「そういうことよ」

「これ以上、水城の傷を抉《えぐ》らないであげて！」

俺が全力でツッコむと、桜雨は「ふん！」と横を向いてしまった。

あ、あれ……？

俺が想《おも》い続けた『運命の女の子』って、こんな子だったっけ……？

軽く衝撃を受けていると、長い前髪の隙間からチラリと真紅の瞳がこちらを向いた。

「わたし、男の子の連絡先を登録するの、初めてなの」

「お、おう」

「だから、初めての人は選びたい」

「そ、そっか」

「だから……そのっ……。はっ、初めては、あおや……青山……く……」

「……え？　ごめん、よく聞こえ――」

「初めてはっ！　青山にしといてあげるわっ！」

「…………」

顔から火が出そう、という表現は、こういう時に使うのだろう。

無論、俺の顔も相当赤くなっている。

しかし、俺が言いたいのは桜雨のことだ。

長い前髪で顔の上半分を覆っているが、それでも隠し切れないくらい顔が赤くなっていた。時折、前髪の隙間から見える瞳には涙が滲《にじ》んでいるし、スマホを差し出す手も微《かす》かに震えていて、「恥ずかしくて死にそう！」という気持ちが全身から溢《あふ》れている。

きっと、一般的な男子なら、一瞬で恋に落ちる仕草。

だが、俺は騙《だま》されない！

（……油断するなよ、青山夏海。まるで『恋する乙女』のような表情だが、桜雨の好きな人は別にいる。つまり……くっ……！　これも俺を手玉に取る作戦の一環ということか⁉︎

あるいは、俺の反応を見て『約束』を覚えているか探っている可能性も——⁉︎）

なんて奴だ、今年度・首席！

俺でなければ、とっくに騙されていたぞ‼︎

「あ、ありがとう。それじゃあ、課題達成のために交換するか」

『好きバレ』を避けるため、『課題達成』を殊更に強調しつつ、こちらもスマホを取り出した。万が一にも、こちらの好意や『約束』を覚えていると悟られるわけにはいかない。

桜雨がＱＲコードを表示するので、俺はカメラを使ってそれを読み取った。

新規登録画面にユーザー名が表示される。

「ハルカ……」

「ひぅっ⁉　なっ、なにっ⁉」

「あ⁉　いや、ごめん！　ついユーザー名を読み上げてしまっただけで、他意があるわけではーー！」

「……いいわよ、べつに。今後は春香って呼んで」

「いや、そういうわけには……」

「苗字《みょうじ》は捨てたわ」

「どういうこと⁉」

「苗字で呼ぶ人間は殴れっていうのが、家訓なの」

「苗字はないのに、家訓はあるんだ！」

「うるさいわね……殴るわよ？」

「理不尽！　……わかったよ。その……は、春香」

「…………ふへっ」

我慢しきれなくて、思わず……といった様子で春香が口元を緩めた。

凄《すさ》まじい演技力に舌を巻く。

反射的に「俺に名前で呼ばれるの、そんなに嬉《うれ》しいのかな……？」とか、「俺のこと、好きなんじゃね……？」とか思ってしまった！

そんなことは絶対にないのにっ‼

……恐ろしい恋愛力だ。

この力を以《もっ》てすれば、世界中の男を虜《とりこ》にすることも不可能ではないだろう。やはり、〈恋愛学〉一位を阻《はば》む最大の障害はこの首席か……などと考察していると、下腹部にどん！と衝撃が走った。

既視感のある感触に下を向くと、茶色のゆるふわヘアーがぐりぐりと押し付けられている。

「セーンパイ♡　こんちゃーっス」

「おまっ……八矢⁉」

水城に続き、見知った顔に驚きが広がる。

「にゃっふふ～♡」とイタズラっぽい笑みを浮かべるのは、同じ中学だった八矢秋葉《あきは》。

俺の腰元までしか背がないのに、胸は大人顔負けのサイズ感を有する。

当人はその低身長を気にしているようで、「実はあたし、一学年下の後輩なんスよ！」と言い張り、大多数の同級生を『センパイ』と呼ぶお茶目さんである。

「あれあれ～？　久しぶりにあたしに会えて、興奮してるんスか～？」

「そんなわけあるか。確かにこの学園で会ったのは意外だが、バイト先で頻繁に会ってるだろ」

「そんなこと言ってぇ～。ズボンのチャック全開でやる気満々じゃないっスか～」

「うっそ!?　なんでっ!?」

「さっき抱きついた時、手早く下ろしといたっス」

「八矢ぁぁぁぁあああああああ!!」

「きゃあ～～～♡」

かわいい悲鳴を上げながら、春香の背後に回り込む。

こいつ……本能で状況を見抜いてやがる!!

春香は両手で顔を覆ってくれていたが、「わー……」とか言ってるし、なんならその手は指の隙間がしっかり空いているので、凝視されている可能性もあり得る。

いや、『運命の女の子』に限って、そんなはしたないことをするわけないが……。

俺は女子二人に背中を向ける格好で振り返り、急いでチャックを上げ直した。

「ていうか、お前も覇王学園受けてたのかよ！　言えよ!!」

「いやー。落ちる可能性もあったから、恥ずかしくてー」

「ふむ。……本音は？」

「もしお互いに受かったら、一発目のイタズラがしやすそうだなーと思ったっス！」

……殴っていいかな？

この元気いっぱいの後輩（？）は、困ったことに他人の不幸が大好きなミツバチなのだ。中学時代も学校・バイト先を問わず様々なちょっかいを出され続け、シャレにならないレベルで恥をかいたことも何度か……。

いい加減、先輩（？）としての威厳を示すべきかもしれない。

「ところで、センパイ。あたしとも連絡先交換しましょーよー」

「は？　いや、俺はお前の連絡先知ってるだろ。メアドだけど」

「あ、何日か前にメアド変えたっス」

「俺は聞いてないけど⁉」

「いやー、気になる女の子にメール送ったら、メーラーデーモンさんから返信されて涙目になるセンパイを見たくてー」

「……俺が可哀想《かわいそう》」

「まあまあ。今度はちゃんとＬＩＮＥ教えるっスから」

「………………」

ひょいっと差し出してきたＱＲコードを読み取る。

うそだろ……。こんな切ない連絡先交換が、この世にあるのかよ……。

そんな俺の隣では「あ、水城センパイにはＬＩＮＥ教えてあったっスよね？」という会話が繰り広げられていた。水城は「そだねー」とヘラヘラ笑っていたが、その事実はより一層、俺の傷心を加速させる。俺、バイト先でも一緒なのに……。

「ああ……。不幸なセンパイ、素敵……♡」

「ツヤツヤしてんじゃねーよ」

「まあまあ。今度、おっぱい揉《も》ませてあげるっスから」

「平常なトーンでなに言ってんの⁉」

「え？　この前、Ｇカップに育ったっスよ？」

「サイズにご不満があるわけじゃねーわっ！」

「そんな……まさかセンパイの恋愛対象が男の人だったなんて……」

「そんなわけあるか‼　というか、お前のせいでクラス中から注目されてんだけど！」

「大丈夫？　おっぱい揉む？」

「俺は‼　揉まねぇ‼」

「……ぷっ。あはははははは‼」

なにが面白かったのか、目に涙を浮かべて爆笑する八矢。

どう考えても俺は被害者だが、クラスメイトは俺と八矢をワンセットで『近づかない方がいい人リスト』にぶっ込んだらしい。

名誉毀損もいいところだ。損害賠償を請求したい。

「おらー。あと七分で締め切るぞー。ちゃっちゃと交換しろー」

ぱんぱん、と手を叩《たた》きながら空気を変えてくれる美硯先生。

さすがだ。クラスのいじめにも的確に対処する。まさに教師の鑑《かがみ》。俺はこれから、一生先生について行きます！

「ちなみに、アタシはFカップだー。大きさじゃ負けるが、形には自信あるぞー」

「…………………」

なんでそこ、張り合っちゃったんですかね？

ともあれ、美硯先生の号令に従ってみんなが再び動き出す。

そんな中、一人だけ席に座ったのが春香だった。

「……？　おい、課題は『三人以上』だぞ？　春香も残り二人と交換しないと――」

「え？　もう終わったわよ？」

「なにぃ⁉」

いつの間に⁉　どうやって⁉

さっきまであんなに苦戦してたはずだろ⁉

これが今年度・首席の、本当の実力。

やはり、一人目の連絡先交換で戸惑っていたのは演技。俺への作戦を実行するため、機を窺《うかが》っていたということか……！

こうしてはいられない。

俺も早急に、もう一人の異性から連絡先を聞かなければ――‼

だが、そんな風に焦《あせ》る俺の腰元には再び八矢がしがみつき、「今夜は離れたくないっス……♡」などと宣《のたま》っている。一見すると愛らしい仕草だが、どう考えてもタイムオーバーで俺が不幸になる様を見たがっているとしか思えなかったので、無理やり引き剝がして男子生徒の群れに投げてやった。

あんなでも最終破壊兵器《おっぱい》を持っているので、一定数の男子にはカリスマ的人気がある。

「せっ、センパイー！　ひどいっスーー‼」などと涙声が聞こえたが、そんなものは無視だ。俺と八矢は、互いに互いの不幸を喜び合う、フェアな関係を築いている。

さて、これでようやくフリーになれた。

最優先事項である春香の連絡先は聞けたし、謎に八矢とも交換し直した。

あと一人、誰かその辺の女子からテキトーに教えてもらえば――

「…………」

そこで俺は、当たり前の壁にぶち当たった。

連絡先を聞くのが恥ずかしいのだ。

……いや、わかっている。これは〈恋愛学〉の課題で、理論武装は完璧だ。しかし、そんなこととは関係なく、恥ずかしいものは恥ずかしいのである。

しかも、この状況はどうだ。

クラスの女子の大半は水城を始めとする一部男子を追いかけ回しているし、それを遠巻きに見守っている女子も、ほとんどはすでに三人以上の連絡先を手に入れてしまっているようだ。

つまり、断られるリスクが非常に高い。

加えて、先ほどの八矢との騒動で、俺とは関わらない方がいいと思っている女子も多いだろう。

だが、手はある。俺はすでに最適解を見つけてしまった。

俺との連絡先交換に応じてくれそうで、しかも、とても魅力的な異性。ぜひとも連絡先を聞いてみたい女の子。

そんな彼女へ近づくと、俺は堂々と言い放った。

「お願いします。連絡先を教えてください」

「……直角九十度のお辞儀というのは、中々に気持ち悪いな」

美硯先生が、半目のまま嫌そうな顔をする。

「もう無理です。俺は、普通の女子は信じられません。でも、先生なら信じられます。先生は、裏切らない！」

「そんな『筋肉は裏切らない』みたいなテンションで言われても」

「課題は『異性の連絡先』となっています。『異性の生徒』ではありません。つまり、教師である美硯先生もその対象内と判断します」

ぴくり、と美硯先生が片眉をつり上げた。

てっきり、課題文の揚げ足をとったことを不快に感じたのかな……と思ったが、電子タバコをくわえた口端《くちはし》が少しだけ持ち上がる。

「……面白いな。そうやってアタシに連絡先を聞いてきた生徒は、お前が初めてだ。さすが〈仮・特待生〉と言ったところか」

「〈仮・特待生〉……？」

「直にわかる」

意味深な発言だったが、ネガティブな反応ではないらしい。

いいぞ、青山夏海！　ここで一気に畳み掛けろ‼

「しかも、昨今のラブコメでは、先生に人気が集中することも多いそうです」

「……なんの話だ」

「俺は積極的に先生ヒロインも攻略していきたいと思います。だって先生、美人だし！」

「教師相手だとぐいぐい来るな、お前」

「顔も綺麗《きれい》だし、スタイルも抜群ですよね。ところで、先生はおいくつなんですか？」

「今年で二十歳《はたち》だな」

「四つしか変わらないじゃないですか！　アリ寄りのアリですよ！　先生だって、彼氏は若い方がいいでしょ？　精力旺盛ですよ？」

「それは男側のメリットじゃないのか」

「ちなみに俺、先生になら尋問されてもいいと思っています」

「採用！」

手帳になにかを書き込んだ後、ページを千切って渡してくる。

受け取った紙には、十一桁の電話番号が並んでいた。

「いちいちアプリを入れるなんて非効率的だ。用件は電話かショートメールで頼む。そうだな……まずは、電話尋問から始めよう」

なにその不穏すぎるワード。

正直、ダメ元のネタ会話だったのだが……美硯先生はしっかりと、真正面から受け止めてくれたらしい。

さすが教師だ。生徒想《おも》いの先生に当たって、俺は幸せだなぁ……。

「眠れない夜や、一人で寂しい休日は、ぜひ電話してきてくれ。二人でゆっくりと愉《たの》しもうじゃないか……！」

ガシっと俺の両肩に手を置き、爛々《らんらん》と輝く瞳を向けてくる美硯先生。

……あ。これはダメなやつだ。

ギャグとかじゃなく、ガチで身の危険を感じるやつだ。

「待ってるぞ！」と手を振る先生にぎこちない笑顔を返しつつ、その場を離れる。

なにか、人生の分岐点でとんでもないミスを犯してしまったような気持ちになった。これがシミュレーションゲームなら、即死系のバッドエンドに直行してもなんら不思議ではない。怖い。

ともあれ、これで異性三人と連絡先を交換することができた。

デスゲームの第一関門は、無事クリアといったところだろう。

ほっと胸を撫《な》で下ろしながら、席へ戻る。

その途中で、横合いからふわりと女の子が歩み出て来た。

「わたくしとも、連絡先を交換してくださいませんこと？」

鈴を転がすような美しい声に、身体《からだ》が硬直する。

きれいな子、だった。

まるで絵本の世界から飛び出してきたようなストロベリーブロンド。二つ結びにされた毛先は、優雅にふわふわと揺れている。校則に違反しない範囲で化粧もしているようで、まつ毛は長く、肌もきらきらと輝いていた。身につけている制服も一般の生徒とは細部が異なっており、どこか気品と華やかさが同居した、豪奢《ごうしゃ》な雰囲気を醸《かも》し出している。

貴族のご令嬢。

あるいは、童話の世界のお姫さま。

春香と違うのは、その美貌が人を惹《ひ》きつけ、従えることに特化していること。すれ違えば誰もが振り向き、対面すれば誰もが道を譲りたくなる——そんな、凶暴性さえ感じさせるような美しさが、彼女にはあった。

「もしかして……俺？」

状況を考えればそれ以外にないのだが、それでも確認せずにはいられない。

どう考えても、場違いであり力不足。

彼女に話しかけられるだけの価値が自分にあるとは思えない。卑屈でもなんでもなく、ただの純然たる事実として、そのように感じてしまった。

「あら。もちろんですわ、青山夏海さん」

「名前……。どうして……？」

「入学式で挨拶なさったではありませんか」

「ああ、それで……」

「もちろん、それだけではありませんわ。青山さんは、有名人でいらっしゃいましたから。特に、財界では」

「……………」

とっくに忘れてしまったはずの過去を思い出し、苦い気持ちになる。

目の前の少女もこちらの心情には気づいたはずだが、特に気にした様子もなく、読み込みモードになったＬＩＮＥのカメラを差し出してきた。

「わたくし、殿方に連絡先を聞かれることはあっても、自分からお聞きするのは初めてですの。断られてしまうと、とっても傷ついてしまいますわ」

「あ、ああ。それは、もちろん……」

スマホを操作して、自分のＱＲコードを表示する。

目の前の少女がそれをカメラで読み取り、メッセージを送ってきた。

『冬坂麗華《れいか》です』

たった一言なのに美しいと感じるのは、彼女の纏《まと》う空気によるものか、名前の雰囲気によるものか……。

「お会いできて光栄ですわ。これからよろしくお願いしますね、青山さん」

「あ、ああ。こちらこそ。……冬坂さん」

「いやですわ、『冬坂さん』だなんて。距離を感じて淋《さみ》しいです。ぜひ他のお友達と同様に『冬坂』と呼び捨てにしてくださいまし。慣れてきたら『麗華』と呼んでくだされば嬉《うれ》しいですわ」

「ああ……うん。わかったよ、冬坂」

「はい。今度、お近づきの印として、履き古したブーツをプレゼントしますわ」

「………？　えっと？」

「舐《な》めたいのでしょう？　殿方はみんなそうですわ」

「いや、そんな趣味はないけど！」

「……そうなのですか？　しかし、新品のブーツで踏むのはまだ早いですし……」

「それ、上級編なんだ⁉」

「仕方ありません。わたくしが小学生の時に使っていたリコーダーで手を打ちましょう」

「よりディープな内容に！」

「オークションで一〇〇万円の値がついた逸品です。感謝してくださいまし」

「価格がエグい‼」

「もっとも、わたくし自らが一〇一万円で落札したのですが」

「入札者もガッカリだよ！」

「……ふふ。冗談ですわ」

「そ、そっか。ごめんな。俺もムキになって――」

「出品したのは、リコーダー本体ではなく、それを収めるケースですの」

「そこは一番どうでもいいんだよっ‼」

思わず大声でツッコむと、冬坂は口元に手を当ててくすくすと笑った。

気づけば、彼女に対して抱いた警戒心が霧散している。

俺の過去を知っている事実に加え、この容姿に、このコミュ力。

この子も〈恋愛学〉一位を阻《はば》む大きな障害になりそうだ……とゲンナリしていると、教壇の美硯先生が「時間だー。席につけー」と号令をかけてくれた。

「それでは、また後ほど」と優雅に礼をして去る冬坂を見送り、席に戻ろうと一歩を踏み出すと——今度はなにかに躓《つまず》き、転びかけてしまう。

振り返ると、見るからに不良然とした金髪の男子生徒が、わざとらしく足を伸ばしていた。故意に俺を転ばせようとしたのは明白だ。

「……冬坂に話しかけられたからって、イキってんじゃねぇぞ」

席に戻るフリをしながら、俺の耳元へ話しかけてくる。

「オレは渡世巧《たくみ》だ。女なんざ、中学時代に一〇〇人は食った。あの上玉はオレがおいしくいただくって決めてんだよ。邪魔しやがったら……わかってんな?」

筋肉を膨張させ、わかりやすくポキポキと拳を鳴らしてくる。

(まさか……こいつも冬坂のリコーダーが欲しい側の人間なのか……!?)

無駄に戦慄しつつ、くだらない思考を巡らすが、そんなわけはない。

誰かに明確な悪意を向けられるのは、久しぶりだった。俺はこういう時、その悪意を受け流すことにしている。

冬坂との誤解を解こうにも話を聞いてくれる雰囲気ではないし、俺にその気がない以上、冬坂を取り合って彼と争う未来もやって来ない。ならば、こんな挑発にいちいち反応して嫌な気分になるだけ損だろう。

俺がそのままボーっとしていると、彼は「……チッ」と舌打ちして自分の席へ戻って行

った。面倒なことにならないことを祈るばかりだ。

全ての生徒が着席したことを確認すると、美硯先生が〈恋愛学〉の説明を再開する。

「さて。無事に三人以上の異性と連絡先交換ができただろうか？　もし、まだの生徒がいたら、四月末までに必ず交換するように。〈恋愛学〉は毎月、月末で締め切られ、得点の集計と〈特待生〉の選定がなされる。そして、肝心の点数についてだが……各自、アプリを起動し、『点数』の項目をタップしてほしい」

指示に従い〈学生証〉を操作する。

『点数』の項目欄に『累計点数』として、一五点と表示があった。

「表示されている点数が、現在の諸君らの得点だ。一〇〇点満点で、三〇点未満が赤点となる。〈恋愛学〉においては、赤点をとった時点で退学処分となるため、毎月、最低でも三〇点は獲得し続ける必要がある。……もっとも、普通に課題をこなしていれば三〇点くらいは自然と集まるがな」

「――質問をよろしいでしょうか？」

すっと手を上げるのは、先ほど連絡先を交換した冬坂だ。

こういう場面で目立つと、クラスの生徒からやっかみを受けることが多いのだが……彼女だけは、こういったことをしても許される空気がある。

「いいぞ。なんだ?」

「得点について、詳細な獲得条件を伺いたいですわ」

「いい質問だ。〈恋愛学〉の点数は、恋愛的な意味で異性を『ドキドキさせた分だけ』点数が入る仕組みとなっている。先ほどの課題で、より多くの異性と連絡先交換をした生徒は現在の累計点数が高い傾向にあるだろうが……厳密に言えば、人数よりもドキドキさせることが重要となる。無論、それとは別に課題を達成する義務はあるがな」

「……なるほど。承知しましたわ」

「ちなみに、〈特待生〉を対象とした場合、獲得点数は二倍になる。一〇点分のドキドキを経験させた場合、一般生徒が相手なら一〇点が加算されるが、〈特待生〉が相手なら二〇点が加算されるというわけだ。現状は初月のため〈特待生〉はいないが、点数獲得に支障が出る可能性を考慮し、〈仮・特待生〉を設定することとなった。その生徒を対象にすれば、点数が二倍になるというわけだ。この〈仮・特待生〉には、入試で全教科満点を取った首席の桜雨と、全教科平均点だった青山に就任してもらう」

「ちょっと待てよ!」

派手に椅子を鳴らして立ち上がったのは、先ほど俺に突っかかってきた男子生徒だ。確か、渡世と言ったか。

「満点の桜雨はわかるけど、平均点の青山が〈仮・特待生〉になるのはおかしいだろ‼」

キッと、こちらを睨《にら》みつけてくる気配を感じる。

面倒なので、俺は絶対にそちらを振り向かないと決めた。

「……口の利《き》き方がなってないな。新入生ということで大目に見てやるが、以後気をつけろ。入学式以降、彼に疑問を持っている生徒も多いようなので、ここで説明しておこう。青山は、入試で全教科平均点を取った。各教科、全てが平均点だ。一点のズレもない。この意味が、キミにわかるか？」

「んな、バカな……⁉ ただの偶然じゃ……‼」

「我々も、当初はそう思った。だが、青山の解答用紙の正解部分は、後半に集中していたんだ。特に、各教科の最終問題……一番難しい問題は全て正解している。つまり、彼にはそれだけの学力があり、覇王学園の入試など児戯に等しいというわけだ。他の受験生の成績を予測し、平均点を狙うゲームに興じるほどに……な」

クラス中の視線が俺に集まる。

渡世は絶句したように口を開け、冬坂は意味深な笑みを浮かべて目を閉じた。そして、すぐ隣の席からは……『運命の女の子』である春香が、前髪の隙間から真紅の瞳をこちらへ向けている。

学園側の見解は、半分当たっている。

俺は入試で手を抜いた。

間違っても全教科満点を取って首席になってしまわないよう、多くの解答欄を空欄のまま提出したのだ。しかし、落ちてしまっては元も子もないので、各教科の最終問題だけは全て解答したのだ。

だが、学園側の見解は半分ハズレている。

俺は全教科平均点など、狙っていなかった。

俺が望んだのは、目立たない成績で覇王学園に入学することだ。確かに合格ラインや受験生の学力を推測したが、一点のズレもなく全教科が平均点となったのは、奇跡的な偶然に他ならない。

本来であれば、『単なる偶然』で片付けられる些事《さじ》。

しかし、俺の過去──『神童』と呼ばれていた遺産が、偶然を必然に変えた。

きっと、覇王学園の教師陣は、俺の過去を洗ったのだろう。その結果、入試のあれこれについて、盛大に誤解してくれたわけだ。

おかしいとは思った。

入学式で挨拶するようにと指示されたあの時点で、俺は学園側に確認し、しっかりと誤解を解いておくべきだったのだ。

今となっては、後の祭り。この状況でどれほど俺が弁明したところで、誤解が解かれることはないだろう。

そして、今は俺自身もその誤解を解きたいとは思わない。事情が変わったのだ。『運命の女の子』と付き合うため、過度な期待や注目を避ける意味での入試対策だったが……〈恋愛学〉などというふざけた授業が始まった今、〈仮・特待生〉のポジションは是が非でも確保しておきたい。

それが唯一、彼女との交際へ至る道なのだ。

固まってしまった空気を解きほぐすように「……そういえば」と美硯先生が発言する。

「明日から、お前ら全員、寮生活だから」

再び固まる教室内の空気。

全クラスメイトの意思を共有すれば、「……は？」の一言に尽きるだろう。

「ちなみに、男女一人ずつの相部屋。同棲《どうせい》生活」

日本語なのに、意味がわからない。

「〈仮・特待生〉だけは、同棲相手を指名できるからな。相手を考えとけよ」

よくわからないが、全てわかった。

この学園は、ヤバい。

幕間《まくあい》　とある少女の日記

四月九日。木曜日。今日は覇王学園《はおうがくえん》の入学式だった。

そこで青山《あおやま》くんと再会した。

…………。

わかる⁉　あの青山くんと！　五年前に『再会の約束』をした青山くんと‼　強くてカッコよくて大好きな青山くんと‼　再会したのっ‼

はぁー……無理。もう色々、無理。

ただでさえ昔からカッコよかったのに……五年ぶりに会った青山くんは、背がとっても高くなっていて、顔つきも大人びていて、おまけに体も引き締まっていました。

……なんなの、あれ？　男子力の権化《ごんげ》？

それに引きかえ、わたしは……。……うん。この容姿は仕方ない。磨くべきは中身よ、春香《はるか》。人間、中身！

『神童も大人になればただの人』なんて誰かが言っていたけど、青山くんは五年経《た》った今も無双していたわ……。

入試で全教科平均点ってなによ！

必死に満点とったわたしがバカみたいじゃない！

ともあれ、そんな青山くんを超える時が、ついに来たわ。

覇王学園の〈恋愛学〉。随分とふざけた内容の授業だけど、重要な点は一つだけ。この教科で学年一位をとれば、好きな人と付き合える‼

青山くんの好きなタイプは、きっと『強い人』。

この〈恋愛学〉で一位をとって、青山くんよりも『強い』って証明できたら……きっと、わたしのことを気にしてくれるはず。もしそれが『好き』まで行かなくても、〈特待生〉になれば、強制的に付き合える！

……これしかないわ。

わたしは〈恋愛学〉で、学年一位を目指す！

それと同時に、ちゃんと『強い女の子』を装《よそお》って、青山くんの気を引く。呼び方も『青山』って呼び捨てにしてやるわ！

がんばれ、春香‼

第二章　はじめての同棲

入学式の翌日。覇王学園《はおうがくえん》二日目の朝。

俺は大量の生活用品が入ったボストンバッグを担《かつ》ぎながら、教室のドアを開いた。

学生には、およそ似つかわしくない大荷物。全ては、今日から始まる同棲生活で必要なものだ。

昨日、突如として始まった〈恋愛学〉。

その一環として、本日より全校生徒は寮生活を義務付けられるらしい。

もちろん、反対意見は多かった。

特に女子からの反対は凄《すさ》まじく、さすがの覇王学園でもこれは通らないんじゃないかと思った。しかし、教壇に立つ美硯《みすずり》先生は涼しい顔で一言、「嫌なら学園を辞めればいいだろ」と言い放った。

たったそれだけで、クラス中の生徒が押し黙ったのだ。

俺にとっては『運命の女の子との再会場所』程度の意味しか持たないが、この学園は他の生徒にとって特別な場所なのだ。

――――覇王学園。

『次代を担《にな》う人財育成』を掲げる特殊教育機関。

卒業すれば、選べぬ進路などないと噂《うわさ》されている。

成績次第だが、学歴も高卒はもちろん、大卒や修士・博士課程を修了したと見なされる場合も多い。ここへ入学した生徒は、多かれ少なかれ、そういったメリットを享受しようと考えているのだ。

対して、学園側は生徒を間引くことに躊躇《ちゅうちょ》がない。

彼らの目的は学園ブランドの維持と、優秀な人財の輩出。

授業料は入学時に三年分を一括徴収しているし、途中で退学処分となっても返金する制度はない。量より質。一握りの天才を生み出すために、不適格と見なした生徒は容赦なく除籍する。そのため、酷《ひど》い年には入学生の半数も卒業できないことがあるらしい。

一方で、学園が求める『人財』となる生徒には、すこぶる甘い。

〈特待生〉の特権が凄まじいことからも想像できるだろうが、この学園で優秀な成績を修めた生徒は、あらゆる面で優遇されるらしい。

現時点では俺たち新入生もその『人財』と見なされているらしく、今日から生活することになる寮もリゾートホテルのような有様だと誰かが言っていた。

「……お、おはよう。朝から奇遇ね！」

自分の席にボストンバッグを下ろしていると、隣から声がかかる。

もちろん、俺の想《おも》い人である桜雨春香《さくらめはるか》だ。

朝から好きな子にあいさつしてもらえるなんて……！と感激する俺だったが、そんな気持ちは一切表情に出さない。『好きバレ』を防ぐため……という目的も勿論《もちろん》あるが、それ以上に、教室中に妙な空気が流れていたのだ。

さては、〈恋愛学〉でなにかあったな。

「……おはよう。奇遇もなにも、隣の席だけどな」

「そ、そうね。……息が切れてるけど、走ってきたの？」

「ああ。中学時代は陸上部でな。走れる時は走るのが癖になってるんだ」

「へ、へえー。そうなんだー」

「…………………」

妙にそわそわした雰囲気で、落ち着きなく手の指を動かす春香。

前髪で視線は見えないが、きっとその目も右往左往していることだろう。

「……〈恋愛学〉でなにかあったのか？」

「そ、そうなの！　実は『課題』が出てて！」

〈学生証〉を指し示すので、俺も自分のそれを確認した。

ホーム画面にある〈恋愛学〉のアプリに赤色で『①』と表示がされている。データが更新され、新着情報が一件あるということなのだろう。

そこをタップすると、〈恋愛学〉の課題として、『異性の体の一部に触れる』という内容が表示されていた。……なるほど。朝から教室に充満する甘ったるい空気の正体は、これか。

「基本的にはみんな、軽く手を繫《つな》いだり、ハイタッチして済ましてるみたい」

「……ほう。そうなのか」

「う、うん。そうなの」

「…………」

「…………」

会話がそこで止まる。

長い前髪のせいで表情は読めない。

だが、春香はなにやら口をもにょもにょ動かし、次の言葉を探しているようだった。

まるで、俺と『課題』をこなしたいけれど、それを言い出すのが恥ずかしい……といった素振りに見える。

「……ふう」

自分を落ち着かせる意味を込め、小さく嘆息する。

俺が春香を好きなせいで、あり得ない妄想をしてしまった。

彼女の好きな人は別にいる。ならば、この状況下での気持ちは一つだけ。

俺は昨晩、三時間かけて熟考した持論を展開した。

「……春香。いや、首席よ」

「なんで言い直したの？」

「お前の企《たくら》みは全てお見通しだ！　観念するんだな‼」

キッ！と鋭い目を向けても、春香は「……なんのこと？」といった雰囲気で小首を傾《かし》げている。

だが甘い！

今の俺は、その程度の演技では騙《だま》されないのだ‼

「お前の作戦はこうだ。まず、俺に『俺のこと、好きなんじゃね？』と誤解させるような演技をする。すると、お前から好かれていると勘違いした俺が勝手にドキドキして、大量の点数を貢《みつ》ぐというわけだ！　そうやって、楽々と〈恋愛学〉一位の座を手に入れるつもりなのだろう‼」

「――――!?」

春香があんぐりと口を開けたまま、顔を真っ赤にする。

フッ……己の企みが白日の下に晒《さら》されて、恥ずかしいようだな！

だが俺の読みは、さらに先を行っているぞ‼

「ターゲットを俺にしたのも秀逸だ。俺は〈仮・特待生〉。〈恋愛学〉で得られる点数は二倍になる。点数効率は最高だろう。もしかしたら……お前は首席として、この学園で〈恋愛学〉が始まることや〈仮・特待生〉制度、果てには点数の詳細な獲得条件まで、事前に知らされていたのではないか？　あるいは、入学式で俺が挨拶したことから、〈恋愛学〉開始時点でここまでの展開を予測し、連絡先交換の際にこの作戦を思いついたのでは？

……いずれにせよ、浅い戦略だ。俺には通じない‼」

拳を握って力説すると、春香がうつむいた。

どうやら図星だったようだ。

己の知力を総動員して立てた作戦を看破されるというのは、よほど恥ずかしいのだろう。

しかし、これは仕方ない。これ以上この作戦を実行されたら、俺の精神が保《も》たないのだ。

うっかり『好きバレ』してしまう。

「……そんなに、『好き好きオーラ』出てた？」

「ああ」

「……そんなに？」

「わかりやすいほど、すごく」

うつむいたままの春香が小刻みに震え始める。

しかし次の瞬間、ガバッと顔を上げると、勢いよく言い放った。

「よくわかったわね！　さすが青山《あおやま》!!」

開き直っているが、羞恥の色は拭えない。

長い銀髪の隙間から覗《のぞ》いた瞳には、涙も滲《にじ》んでいた。

「でも、じゃあ、どうするの!?　わたしも〈仮・特待生〉！　女子の点数効率は、わたしが最高よ!!」

「ぐっ……!?　それは……っ！」

「ふふーん。どうしようもないでしょう？　〈恋愛学〉一位を目指すなら、わたしを課題消化のパートナーに選ぶのが最善。そうじゃないと、他の男子に『二倍ポイント』が入っちゃうもんね？　わたしは演技で!!　演技で青山が好きなフリをするけどっ!!　それにドキドキしながらも、青山は付き合うしかないのよっ!!」

か⁉

敵の策を見抜いて悦に入っていたが、結局、罠《わな》にハマったのは俺の方だったということ

まさかそこまで読んでいたなんて‼

なんてやつだ、今年度・首席！

「ぐぅっ……⁉」

「……すっ、好きよ、青山」

「はっ、はぁっ⁉」

突然の公開告白に俺の心臓が破裂する。

——俺も好き。

反射的にそんな言葉が零《こぼ》れそうになるも、それより一瞬だけ早く、春香の〈学生証〉が

「ピコン！」と音を立てた。

「あ、点数入ったみたい。……えへへ。どうしたの、青山？　顔が真っ赤よ？」

「…………」

いや、それはお前もだが。

そんな風にツッコみたいのに、言葉が出てこない。

好きな女の子に『好き』だと言われたのだ。むしろ、この程度で済んだのだから軽傷と

言えよう。

「相手がわたしみたいな女の子でも、『好きな演技』をされたらドキドキするみたいね」

いや違う。相手が春香だからドキドキしているんだ。

そんなことも、絶対に言えない。

しかし、こうしている間にも春香の〈学生証〉が定期的に音を立て続けている。

マズい……！　このままでは、負ける‼

「ぐっ……！　しかし、それは女子だって同じなんじゃないか⁉　つまり、俺のような男からだったとしても、『好き』だと言われれば、多少なりともドキドキするのでは⁉」

「っ⁉　へ、へー。そういうものかしら？　た、試してみれば？」

前髪で表情を隠し、余裕そうに銀髪ロングの後ろをかき上げる春香だったが、一瞬だけ動揺したのを俺は見逃さなかった。

言ってやる！

やられた分はやり返す‼

そうしなければ、〈恋愛学〉の点数で春香を上回ることなど到底できないぞ‼

「おっ、俺も春香のことが！　す……！　すっ……‼　……っ‼」

言えねぇぇぇぇぇぇぇぇぇぇぇぇ‼

それはそうだ。春香の場合はただの演技だが、俺の方はガチ告白だ。こんな教室のど真ん中で自分の好意を告げるなど、恋愛一年生の俺にはハードルが高すぎる。

意味もなく「すっ……‼」と言った体勢のまま固まってしまっていると、俺に負けず劣らず赤い顔をした春香がそっと前髪の隙間から目を合わせてきた。……なんだか、その瞳になにかを期待する色が見える。

だが、俺はなにも言うことができない。

点数を獲得するには、俺も『春香が好きだという演技』をしなければならないのだが、どうしても言葉が出せず固まっていると……俺の〈学生証〉からも「ピコン！」と音が鳴った。

「ああ⁉　ず、ズルいわよ、青山！『好き』と言うと見せかけて、ただ見つめるだけの変化球⁉　そういう作戦だったわけ⁉」

なにか盛大に誤解しているようだが、俺にとっては好都合だった。

「ああ、その通りだ。いい作戦だったろ？」などとハッタリをかましつつ、後ろを向いて春香を視界から外した。

……無理。これ以上目を合わせてたら、それだけで『好きバレ』しそう……。

しかし、異性の『好きな演技』に弱いのは、男女共通らしい。

その証拠に、俺の〈学生証〉も先ほどの春香と同様、断続的に音を立てていた。

俺の場合はガチで春香が『好きな人』だったわけだが、そうでない春香もこれだけ点数を提供してくれるとなると、女子は『好き』と言ってくれる男子に無条件で好感を抱くのかもしれないな……などと考察する。

よし。思考のリソースを別のものに割いたおかげで、だいぶ落ち着いてきたぞ。

くるりと振り返って春香を見ると、なぜか春香も背中を向けていた。

演技だったとはいえ、色々と相当恥ずかしかったのだろう。

俺としては好都合だったため、そのまま春香の背中に声をかける。

「……こほん。話は逸《そ》れたが、状況は理解した。互いに〈仮・特待生〉で点数効率は二倍。厄介な相手だが、どの道、一位を目指す上で衝突は避けられない。ならば……」

「ええ、そうね。つまり……」

くるりと振り返った春香が、好戦的な笑みを浮かべる。

二人同時に、そのフレーズを口にした。

「「全面戦争……‼」」

俺と春香の間で、バチバチと火花が飛び散る。

ライバルは他にもいるが、〈特待生〉の最有力候補は、やはり〈仮・特待生〉。

つまり、俺たちのどちらか、より相手をドキドキさせた方が〈恋愛学〉一位をとる可能性が高いということだ。

……俺は負けられない。

『運命の女の子』と付き合うため、目の前の首席を倒さねばならないのだ！

「とりあえず、先般の『課題』をこなそうかしら？」

ギラギラと勝負の熱を燃やしていると、取り直すように春香が言ってきた。

「そういえば、そうだったな。ええと。課題っていうと、つまり――」

「だから……その。手を……」

「…………」

一瞬で我に返る俺氏。

よくわからないテンションになっていたが、冷静に考えたら『運命の女の子』と首席は同一人物で、俺は今から、好きな女の子と手を触れ合うということだった。

想像するだけで、じとっとした汗が噴き出てくる。

俺は慌てて、ズボンで手の汗を拭った。……が、それを春香に見咎《みとが》められる。

「ふーん……？　緊張してるんだ？」

「バッ……⁉　んなわけ――⁉」

「照れるな、照れるな。こんなこともあろうかと、日々、お肌のお手入れは欠かしてないわ。女の子の柔肌に、たっぷりドキドキすればいいと思うの～」

そう言いつつ、春香はウェットティッシュを取り出して、自分の手を念入りに清め始めた。心なしか、その手が微《かす》かに震えているようにも見える。

ジトッ……とした目を向けていると、澄まし顔で物証を片付けた。

「……こほん。これは、あれです。感染症対策です」

「なるほど。つまり、断じて手汗を拭っていたわけではないと」

「もちろんです。女の子は、手汗などかきません」

「そうか。じゃあ、握手するか。お前の手、若干湿ってる気がするけど」

「――っ⁉　ちょっ、ちょっと待って！　やっぱりお手洗いに――‼」

「もういいって」

努めて平静を装《よそお》いつつ、ぶっきらぼうな感じで春香の手を握った。

こんな風でもなければ、好きな子の手なんて握れない。

あえて雑な感じで触れれば、変にドキドキすることもないだろう……と、そう思っていたのだが――

「…………」

無理だった。

好きな子の手を握っているという事実が、言語情報ではなく、感覚情報として脳みそにダイレクトで麻薬物質を放出する。きっと今、幸福ホルモンとか、なんかその辺の物質が大量に分泌され、俺は素面《しらふ》でキマっている状態なのだろう。ここが楽園か。

悔しいが、このまま春香と『課題』を続ければ、向こうに入る点数の方が多くなることは確実——と、そんなことを考えながらぼんやり春香の方を見ると、向こうも向こうでフワフワしていた。

「…………気持ち、いい……」

「…………え？」

「かたい……」

意味深な言い方すんのやめろぉっ‼

てっきり、俺と同じく幸せを感じてくれているのかと思ったら、ちゃっかり演技してやがった！

百歩譲って『気持ちいい』はわかるにしても、『固い』ってなんだよ！

そんな感想おかしいだろ⁉

俺の方は『柔らかくて』気持ちいいけど‼

どこかでそんなことを思いつつも、好きな子の『演技』は破壊力抜群だった。頭がオーバーヒートし、教室なのに熱中症で倒れそうになる。

俺、このまま死ぬのか……？とぼんやり考え、それならそれでいいか……と諦めかけた頃、俺と春香の左手から「ピコン！」と音が鳴った。

それで我に返った俺たちは、同時にパッと手を離してしまう。

「いっ、今ので課題達成になったみたいね！」

「そ、そうらしい！　よかった！　これで退学にならずに済むな！」

あはは……と乾いた声で笑う俺たち。

先ほどの反応について言及されれば、容易に『好きバレ』してしまいそうだった。

そうはさせまいと、必死に乾いた笑みを貼り付ける。

〈学生証〉を確認した春香が「……あ。点数更新されてる」と呟《つぶや》くので、俺も自分の〈学生証〉を操作した。

どうやら、先ほどから鳴っている電子音は点数獲得時のものらしい。

「青山は何点入ってた？」

「ああ、俺の方には、にじゅ——」

そこで俺の言葉は止まった。

まるで背筋に氷柱《つらら》を突き刺されたような気分だった。

（この状況、下手をすれば俺の好意がバレる……!?）

刹那の思考。熱暴走から復帰した脳が全速力で回転する。

実際のところ、俺の方には二〇点が入っていた。

春香は〈仮・特待生〉なので、獲得点数は二倍。

つまり、今回の課題――俺と手を触れ合うことによって、春香は一〇点分ドキドキしてくれたわけだ。これは、極めて正常な数値であると考えられる。なぜなら、昨日の『連絡先交換』の点数と辻褄《つじつま》が合うからだ。

あの時、俺は四人の異性と接触した。

その結果、一五点を獲得していたのだ。

美硯先生は課題達成の人数にはカウントされたが、〈恋愛学〉の点数計算に含まれていたかは怪しい。よって、仮に春香・八矢《はちや》・冬坂《とうさか》の三人が点数計算にカウントされたと仮定しよう。獲得点数は一五点なので、一人あたりの平均点は五点。つまり、五点分ドキドキしてくれたわけだ。

『連絡先を交換する』ドキドキが五点程度なのだから、今回の『手を触れ合う』ドキドキが一〇点だったというのは納得できる。

だが、俺の方はどうだ？

正直、昨日の比じゃないくらいドキドキした。

その結果、例えば春香の方に四〇点が入っていたと仮定しよう。こちらが二〇点なので、春香の倍はドキドキした計算になる。

いくらなんでも、これはおかしい。

「緊張した」とか「女の子と手を繋《つな》ぐの初めてだから……」と言い訳しても、辻褄が合わない数字だ。その結果「……もしかして、わたしのこと好きなの？」と聞かれればゲームオーバーである。

ここまでの思考、わずか一秒。

よくやってくれた、俺よ。

「げふん、げふん」

咳《せ》き込んだフリをして、さらに時間を稼ぐ。

春香の方に何点入ったのかはわからないが、その点数を大きく下回るのはまずい。

ここは一旦、大きめの点数を申告し、春香の方に入った点数を聞いた後で、見間違いだったと言って申告し直すのが得策。

よって、俺の回答は――

「……悪い、咳き込んだ。俺の方には四〇点が入っていたよ」

「よんじゅっ――!?」

春香がびっくりしたように言葉を詰まらせた。

よしっ。その反応だと、春香の方に入った点数は四〇点以下だったようだな。

最悪の事態は回避できただろう。

「春香には何点入ってたんだ?」

「……。…………さっ、三五点よ」

あっぶねぇ! ギリギリじゃねぇか!!

実際に俺の方に入った点数は二〇点なので、春香の一・七五倍はドキドキしていたというわけか……。これが『単なる異性』と『好きな人』の差。

正直に申告していたら、「わたしのこと、好きなの?」と返されても仕方のない数字だった。これは、見間違いだったと言うのはやめておいた方がいいな……。

まさに、九死に一生。

ギリギリ『好きバレ』を回避できたことに安堵《あんど》していると、下腹部にどん!と衝撃が走った。

「セーンパイ♡　おはようございまーっス♡」

下を向くと、案の定、イタズラ好きのミツバチ後輩がしがみついている。

「八矢……。あいさつ代わりにタックルするの、やめろって言ってるだろ」

「やだなぁ〜。かわいい後輩のスキンシップじゃないっスか〜」

「本当にそうなら、俺のズボンのチャックから手を離せ」

「あ、バレました？」

「てへペロ♡」と舌を出しながら、こつんと頭を叩《たた》く仕草。……あざとい。

だが、そんな仕草もサマになってしまうのが、こいつの悪質な所以《ゆえん》である。

「でもでも、今日はいいじゃないっスか！　あんな課題も出たことですし！　……およ？

課題がクリアになってないっス」

「服の上から触ったからじゃないのか？　課題は『異性の体の一部』ってなってるしな」

「なるほどー。じゃあセンパイ、触りっこしましょうか？」

「……なぜ、あえて意味深な言い方をする？」

「嬉《うれ》しいくせにー♡」

「言っとくが、俺はもう課題は達成済みだぞ。春香に協力してもらったからな」

「えー‼　なんでなんスか！　あたしというものがありながら、他の女にちょっかい出すんスか！　ヒマな時だけ相手する、都合のいい女扱いっスか！」

「誤解を招く言い方やめてくださる⁉　またクラスのみんなからドン引きされているんですけど‼」

「あたしはこれまで、何度もセンパイの欲望を受け止めてきたのに！　なんなら、はるきゃんと一緒に3Pでもいいっスけど⁉」

「言い方ァッ‼　欲望って言っても、バイト先のあれこれを都合してくれたってだけだよなぁ⁉　それ以外の意味はないよなぁ⁉」

誤解を解く意味も込めて、大声で叫ぶ。

ドサクサで巻き込まれた春香は「……さっ、さんぴぃって……」と呟きながら、赤い顔でわたわたしている。……テメェ、八矢！　これで春香に嫌われたら、マジでお前のこと許さねーからな⁉

「……じゃあ、あたしとも課題やるってことでいいっスね？」

ニヤニヤとイタズラっぽい笑みを浮かべながら、小声で脅迫してくるミツバチさん。

くっそ！　ここで断ったら、もっと騒いでやるって顔してやがんな⁉　そんな脅迫には屈し——てやるから、もう許してください。お願いします。

俺はガクリと頷《うなず》くと、席に座って脱力した。

もうどうにでもしてくれ……。

燃え尽きたよ……真っ白に……。

「ああ……今日も不幸なセンパイ素敵……♡　甘〜い蜜をどうもっス♡」

他人《ひと》の不幸は蜜の味って、言うよね。

「ちょっとやり過ぎたんで、サービスするっス。はい、どーぞ♡」

そう言って、八矢は両手で俺の顔をホールドすると、自分の方へと引き寄せた。

より正確に言うと、彼女の豊満な胸元へ。

「っ⁉　〜〜〜〜っ‼　〜〜〜〜っ⁉」

「あん♡　そんなに激しく動いちゃダメっス♡」

ふっざけんな！　さらに追い打ちかけてんじゃねーかっ‼

そんな風に叫ぶ俺の声は、全て弾力ある八矢の胸元へと消えて行った。

……俺が浅はかだった。

もっと、八矢の言動に注意すべきだったのだ。

普段からだらしなく制服を着崩している八矢だが、今日は輪をかけてひどく、胸元のボタンもかなり際《きわ》どい位置まで開けられていた。

結果、俺の顔面は八矢の胸元に生《なま》で直当《じか》てされ、谷間に顔を埋《うず》めるような格好になってしまった。……こんな俺でも、男だ。顔面をおっぱいに沈められれば、幸せにもなる。ただし、それは周囲に人目がない場合の話だ。

こんな教室のど真ん中で醜態を晒《さら》すなど、拷問に等しい。

しかも今は、春香の目の前なのだ。いっそ殺してほしいとさえ思った。

「……おっ。やったっス。課題クリアになったっス」

「ぶはぁ！　テメェ、八矢コラァ‼　課題こなすなら、手握るだけで十分だろうがっ‼」

「いやいや、なに言ってんスか。〈特待生〉目指すなら、センパイに強い刺激与えて高得点狙うのがセオリーじゃないっスか」

「んなっ……！　お前も〈特待生〉目指してんのか⁉」

「トーゼンっス！　楽しみっスね〜？　セ・ン・パ・イ♡」

意味深な流し目を送ってくる八矢。

先ほどの行為と合わせて、おっぱい星人であるクラスの一部男子から、相当なヘイトが集まっていた。

……なるほど、理解した。

こいつは俺に対する好意など微塵《みじん》もないが、俺が不幸になる様を見たいがために〈特待生〉を目指しているのだ。

「ぐっ……！　八矢……！　この際だからハッキリ言っておくが、俺はお前のことを一切なんとも思っていない！　ぶっちゃけ、おっぱいがついてるだけの男友達だと思っている！　だから、俺がお前と交際する未来はない‼」

「いや〜、そんなこと言っても〈強制交際権〉は絶対ですし、あたしに二二点も貢《みつ》いで、ヤる気満々じゃないっスか〜♡」

こいつ……⁉　春香の前でなんてこと言いやがる⁉

「ふっざけ……！　言っとくが、俺が春香と課題をやった時には、春香に三五点も入ったらしいぞ！　お前に対する興奮なんて、所詮その程度——」

と、そこまで言った時、制服の裾がぐいっと引っ張られた。

振り返ると、春香が思いのほか強い力で握っており、身体《からだ》を小刻みに震わせている。

しかも、前髪の隙間から覗《のぞ》く瞳には涙が滲《にじ》んでいて、小声で「二二点って……」と呟《つぶや》いていた。……あの、どうかされました？

「あら。青山さんのお相手をすると、二〇点や三〇点も点数がもらえますの？　それは、大変羨ましいですわ」

凛《りん》とした声が響く。

騒ぎの渦中《かちゅう》など、なんのその。

彼女が一歩近づく度、まるでその華やかなオーラに気圧《けお》されたかのように、人垣が割れていく。リアル版・モーゼだ。

そうして、本人は実にゆったりとした足取りで、俺たちのところへ近づいてきた。

「わたくしのお相手もお願いしますわ、青山さん」

声の主は、当然のように冬坂だった。

今日も今日とて、美しいストロベリーブロンドを翻《ひるがえ》しながら、優雅に右手を差し出してくる。まるで騎士の忠誠を試すかのように、手の甲を上にして差し出す辺りが冬坂らしかった。……いや、キスするつもりは毛頭ないが。

しかし、彼女の後ろでは、八矢のファンに勝るとも劣らない人数の男子が殺気立った視線を俺に向けている。渡世《わたらせ》に至っては、机をガンッ！と派手に蹴って教室を出て行ってしまった。

……俺、殺されるんじゃないかしら。

「あ、あー。色々あって、汗をかいてしまったー。ちょっとお手洗いに――」

「そのままで構いませんわ。殿方に穢《けが》されるのも、美女の嗜《たしな》みかと」

棒読みなセリフも華麗に流される。

周囲の男子が俺に向けて、シャーペンやコンパスを構え始めた。……落ち着けよ、キミたち。俺だって、できることなら彼女の手に触れたくないんだ。

俺は〈仮・特待生〉で、俺と『課題』をこなした女子には二倍の点数が入る。

つまり、俺はできるだけ、ライバルになりそうな女子とは『課題』をしない方がいいのだ。

春香は俺と同じ〈仮・特待生〉だし、八矢はおっぱい星人な男子から絶大な人気を誇っている。この上、クラス内ヒエラルキー暫定一位の冬坂にまで点数を提供してしまえば、俺が〈特待生〉となる未来はかなり遠退《とおの》く。

それなのに、冬坂は「自分が拒絶されるなんて、万に一つもありえない」といった雰囲気で手を差し出し続けているし、春香は「……ウェットティッシュなら、貸さないわよ」とそっぽを向くだけで止めてくれない。ちなみに八矢は、俺が困っている様を見て恍惚《こうこつ》とした表情を浮かべていた。……ほんとブレないな、こいつ。

ともあれ、俺は苦し紛れの言い訳を開始する。

「……お、俺はもう課題を達成してしまったし、冬坂の相手をする必要は――」

「わたくしがまだなので、お願いしているんですの」

「でも、冬坂は人気者だし、一緒に課題をしたい男子が大勢いるんじゃないかな」

「わたくしは青山さんと課題をしたいですわ」

「お、俺よりかっこいい男子なんて、いっぱいいるし……」

「〈仮・特待生〉は青山さんだけではありませんか」

「……！　そこにいる春香も〈仮・特待生〉――」

「彼女は女子ですわ」

「…………はい」

「……もしかして、わたくしの手を握るのはお嫌ですの？」

冬坂が悲しそうに顔を伏せた瞬間、俺の頬をシャーペンが掠《かす》めた。……あっぶねぇ！

お前ら、俺が冬坂の手を握るの反対してたじゃねーかっ‼

とはいえ、これは逃げられそうにない。

正直、冬坂の手を握っても大してドキドキしないと思うし、なんなら、命の危機を感じた今の方がよっぽどドキドキした。こんなイベントは、さっさと終わらせてしまうのが吉だろう。

俺は春香に頼み込んでウェットティッシュを貸してもらい、丁寧に手を清めた後、冬坂が差し出した右手の指先に、ほんの少しだけ触れた。

本当に、互いの中指の先が僅かに当たった程度。

彼女の体温はもちろん、指の感触すらロクにわからないような触れ方だった。

しかし、それでもジャッジは合格と見なしたらしく、冬坂の〈学生証〉から「ピコン！」と音が鳴った。

その音と同時、俺はパッと手を上げて、冬坂から距離を取る。

「今ので終了だ！　ありがとう、冬坂！」

「……ふふ。とってもシャイな触れ方でしたわね」

「あ、ああ！　女子の手に触れるなんてほとんど経験ないし、相手が冬坂だと思うと、すごく緊張して！　きっと、たくさん点数が入っているんじゃないかな！」

「それは、ありがたいですわ」

冬坂の方は欠片《かけら》も緊張しなかったかのような口ぶりで、自身の〈学生証〉を操作する。

きっと、今の課題で入った点数でも確認しているのだろう。

しかし、何度か画面をタップすると——これまで余裕のある微笑《ほほえ》みを一度も崩さなかった冬坂が、僅かに表情を引きつらせた。

「……どうした？　思ったよりたくさん点数が入っていたのか？」

「え、ええ。そうですわ。……すごいですわね。今ので二〇点も頂けるなんて——」

そう言って一礼すると、またゆったりとした足取りで自分の席へと戻っていく。

ただ、なぜか口元へ手をやり、なにかを考えているかのような素振りだったが……。

学生の本分は勉強である。

それは〈恋愛学〉などという、ふざけた授業を展開する覇王学園でも同じだった。

俺たち生徒の一日は、大半の時間を授業に費やす。

〈恋愛学〉は基本的に課題をこなすことで進行していき、その課題は休憩時間や放課後、休日などを使って遂行することが望ましいと説明されていた。

そういった事情もあり、全校生徒を強制的な同棲《どうせい》生活へと巻き込んだのだろう。

では、肝心の一般授業がどんな形式かといえば……全て担任教師へ一任しているとのことだった。

◇

時間割も、休憩時間も、どの科目の、どの単元から教えるかも、全て担任の自由。こういう事情もあって、教師によっては高校レベルを遥《はる》かに超えた内容を講義することも多く、結果として修士や博士レベルの知識を有する生徒が生まれるのだ。

一年生では担任教師が多くの授業を担当し、基礎知識を教育することに重きを置くらしいが、二年生からは生徒が教師を選べるらしい。

有能な教師。自分が教わりたいと思う師匠。あるいは、単純に一緒にいたいと感じる人間など、選定の基準も全て生徒の自由。

これがこの学園の『卒業後に選べぬ進路などない』と噂《うわさ》される所以《ゆえん》である。

この時期から自分の将来を考え、最適な教師を選び、目指す場所へ邁進《まいしん》する。だからこそ、自分が望む未来を手にすることができるのだ。

とはいえ、一年生の担任は完全にランダム。

これぱかりは運任せで、当たり外れも大きいだろう。

さて。そんな中、我らが担任・美硯先生の授業はといえば——

『では、次はこのふとももに書かれた公式を見てほしい。そう、ここだ』

ナースのコスプレをして、スカートをめくり上げていた！

……いや、正確に言えば、それは美硯先生本人ではない。

かつて彼女自身が撮影した記録映像である。

昨日は入学式と軽いオリエンテーションだけで、授業はなかった。翌日から始まる同棲生活に向けた準備もあるだろうということで、お昼前に下校となったのだ。よって、美硯先生の授業は本日が初めてとなる。

登校後、朝の教室で〈恋愛学〉の課題に取り組んでいた俺たちは、チャイムを合図に席に着いた。それと同時に美硯先生が入室し、教壇に立って出欠確認をとると、すぐさま一時間目の授業と相成ったわけである。

一時間目は数学。

天下の覇王学園で受ける、初授業。

俺たち新入生は期待に胸を膨らませ、どんな授業が行われるのかとワクワクしていたのだが、教壇の美硯先生が発したのは「お前ら、スマホ出せー」の一言だった。

てっきり、没収されるのかと警戒する俺たちだったが、先生が手元のタブレットを操作すると、クラスの生徒全員に一通のメールが届く。本文はどこかのURLで、クリックすると、『通常版』・『エロ版』の選択肢だけが表示されたページに辿《たど》り着いた。

俺は『通常版』をタップ。

無論『エロ版』も気になったが、隣に好きな女の子がいるのに、そんな選択肢を選べるはずがない。

画面が切り替わり、流れ始めた動画の中では、黒いスーツに身を包んだ美硯先生が黒板を使って授業を解説している。

なるほど……。事前に撮影した動画を流すことで板書などの手間を省き、生徒側も気になった部分で止めたり、聞き直したりすることができるのか……。

そんなことを思いながらふと顔を上げると、教室中に異様な空気が漂っていた。

みんな自分のスマホを注視したまま、一切顔を上げないのだ。

(……えーっと。これはもしかして、みんな『エロ版』を見てるのか……?)

周辺の男子から密《ひそ》やかな呟《つぶや》きやため息が聞こえてくる。

「これはやべぇ……」「たまらん……!」「あっ、ちょ、まずっ……!」と前屈《まえかが》みになる生徒も多数。

さすがに気になったので、俺も一度動画ページを閉じ、メール画面から再度アクセスして『エロ版』をタップした。……決してエロに興味があるわけではない。あくまで、後学のためだ。

その結果が、これである。

再生され始めた動画では、ナース服を着た美硯先生がスカートをめくったり、胸元をはだけさせたりしながら、肌に書いてある数式について解説している。

……白状しよう。めちゃくちゃ興奮した。

だって本人、目の前にいるんだもん。目の前にいる美人な先生のあられもない姿が、俺のスマホで再生されてるんだもん。しかも、パンツもブラもしっかりと見えている。完全にアウトだ。

クールダウンする意味も兼ねて動画を停止する。

男子が夢中になる理由はわかった。

でも、女子はどうして……？

悪いとは思ったが、こっそりと春香の画面を覗《のぞ》かせてもらった。

画面の中では、男装したイケメンな美硯先生が『今日は来てくれてありがとう。ボクのお姫さま……』などと言いながら、ベッドでこちらへ腕を伸ばしているところだった。白いシャツの袖をロールアップしていて、腕に数学の公式が書かれている。

どうやら、女子用には濡《ぬ》れ場アリのデート風味な演出をしているらしい。

妙に体型が細マッチョな印象だが、きっと編集による合成だろう。

しかし、こんなあざといシチュエーションで悦《よろこ》ぶ女子などいまい……と思ったが、当の春香は顔を真っ赤にして、じっと動画に見入っている。……マジで？

俺の様子に気づいたのか、教壇のイスに座って電子タバコを吹かしていた美硯先生がニヤリとした。

「各生徒の性癖に合わせた動画を配信中だ」と自信満々な回答をしてくる。

まさかと思い教室後方を振り返ると、モテに全力を懸ける俺の友人・水城《みずしろ》が「ギャルにJK、女教師とOLと人妻がオレを～」などと宣《のたま》っている。……闇が深い。

いいタイミングだと思ったのか、教壇の美硯先生が立ち上がり、パンパンと手を叩《たた》いて注目を集めた。

「動画の再生時間は、全て十五分に設定してある！　授業時間は五十分！　余った時間は自習とする！　質問のある者は随時受け付けるので、アタシの元へ来るように！　一度動画を見終わった者は、休憩も飲食も自由だ！　トイレに行ってもいい」

あえて強調するように、そこを強く発音する。

「男女問わず、私の動画は性的な意味で『使う』ことを推奨する。存分に使用したまえ。きっとその方が、記憶に定着するだろう。結果、成績も上がる」

以上だ、と言って美硯先生が着席すると、前屈みの男子生徒が何人か、こそこそと教室を出て行った。

お前ら……まさか……。

……いや、ただのトイレだよな。そう思うことにしよう。

「…………（じー）」

ふと視線を感じて目をやると、なぜか春香がこちらを向いていた。

しかも、心なしか俺の手元にあるスマートフォンを注視しており、前髪の隙間からは汚《けが》れたものを見るようなジト目が垣間《かいま》見《み》えた。先ほどの美硯先生の発言、教室を出て行った男子生徒の挙動から、俺も『エロ版』を見ているのでは?と疑っているのだろう。

これはマズイ……‼

(……いや待て、落ち着け。落ち着くんだ、青山夏海《なつみ》。今の春香の位置からでは、俺のスマホ画面を見ることはできないはず。つまり、俺のスマホ画面は『シュレディンガーの猫』状態。そこに映っている動画が『エロ版』か『通常版』かは、可能性として、どちらも共存しているはず……!)

自分でもよくわからない考察を垂れ流しつつ、冷たい汗を拭う。

そのまま自然な挙動で画面をタップして、『エロ版』の動画再生を閉じた。そして、再びメール画面からアクセスして『通常版』を開いた。

……ふう。これで安心。俺の尊厳は保たれた。

美硯先生のナース服姿が見られないのは残念だが、これは仕方ない。

しかし……先生自身は『エロ版』を推奨していたが、『通常版』の方がむしろ、彼女の教師としての実力を浮き彫りにさせた。

たった十五分の動画だが、五十分で行うべき授業内容が最適と呼べるレベルで凝縮されている。これまでの人生で出会った教師の、十倍はわかりやすい。

加えて、十五分という尺が絶妙だった。

一説によると、個人が自身のトップレベルの集中力を維持できるのは、十五分前後が限界らしい。どんな天才でも、十五分を超えると大なり小なり集中力が落ちるそうだ。

そういった意味でも、血気盛んな俺たち高校生に対して、授業時間を十五分まで短縮するのは秀逸であると感じた。

「美硯先生！」

ヒステリックな叫び声とともに、教室前方のドアが勢いよく開く。

見れば、飾り気のない眼鏡をかけ、皺《しわ》のないスーツに身を包んだ、いかにもお堅そうな中年女性が立っている。おそらく、この学園の別の教師だろう。

「いい加減にしてください！　今年もまた、いやらしい動画を使った授業をなさるおつもりですか⁉」

「いえいえ。そんなつもりはありませんよ、学年主任」

学年主任らしかった。

その割に、美硯先生は座ったままだし、なんならタバコも吹かしている。

「嘘《うそ》をおっしゃい！　このクラスの男子生徒が、トイレに行っているのが見えました！」

「生理現象なので仕方ないと判断し、行かせました」

「彼らがトイレでなにをしているかご存知ですか⁉」

「排泄《はいせつ》行為でしょう。他になにかあるのですか？」

「ぐっ……………！」

「確かにアタシは授業で動画を使用しますが、その内容は至って健全なものです。……青山。お前の画面を見せてやってくれ」

指示された通り、俺はスマホの画面を見せる。

当たり前だが、動画内ではスーツ姿の美硯先生が真面目に数式を解説していた。……先生、俺がこっちの動画見てるの知ってて指名したな……。

ますます立場が危うくなった学年主任は、地団駄を踏みながら抗議する。

「だいたい！　授業中に座っているなんて、おかしいでしょう⁉」

「立つ必要がないので」

「生徒の前でタバコを吸うなんて、常識がないんですか⁉」

「まあ、ないですね。中卒なので」

「はあ⁉　では、教員免許は⁉」

「持ってません」

「なぜ貴女《あなた》がここにいるのか、理解できません！」

「アタシもそう思います」

「この件は理事長にしっかりとご報告させて頂きます！」

「どうぞ、ご自由に」

「明日から、この学園にいられると思わないでくださいね！」

「助かります。長期休暇が欲しかったので」

「〜〜〜っ！　今すぐ緊急理事会を開き、貴女の処罰を決定します‼」

「頑張ってください」

気怠《けだる》げな表情でヒラヒラと手を振る美硯先生に青筋を立てながら、ドスドスと足音を立てて学年主任が去って行った。

「あれ……よかったんですか？」

ちょっと心配になって美硯先生へ声をかける。

先生はなんでもないかのように「……ん？」と疑問符を浮かべた。

「べつに、大丈夫だろ。クビにならなかったら教師を続けるし、クビになったらハワイにでも行こう。バカンスだな」

「……かっけぇっス」

「たぶん、みんなそう思ってくれたんじゃないか？」

ニヤリとする美硯先生が、電子タバコの先で俺の背後を示す。

振り返ると、教室中の生徒が彼女に羨望《せんぼう》の眼差《まなざ》しを向けていた。

……なるほど。上司からのやっかみやトラブルさえ、自分の授業に利用するのか。

自称するだけのことはある。この先生は本当に優秀だ。

「ところで、青山。お前は『エロ版』を見ないのか？」

「み、見ませんよ！　俺は真面目に勉強したいので！」

「ふーん……そうか。残念だ。お前のは、ナース服だぞ？」

……知ってます。

「ちなみに、着用してる下着は私物だ。たまたま、今日着てるやつと同じだな。好きなんだよ、ラベンダーの色」

そう言って、美硯先生がインナーの首元を引っ張った。

俺の位置からしか見えないであろう肩ひもは、確かにラベンダーの色をしている。

……本当に、魅力的な先生だと思った。

◇

美硯先生の授業は終始そのような流れで進行して行った。

実質十五分で授業が終わるため、とても楽だ。

一度動画を視聴した後は休憩も飲食も自由なのでやりやすい。余裕があるので二時間目以降の授業にも集中でき、さらに学習効率は加速した。

「だらだらと長時間労働する時代は間もなく終わる。これからはアイデアの時代だ。そして、アイデアを出すには時間的・精神的な余裕を確保することが肝要となる」とは、美硯先生の談。

二年生に進級しても、彼女を教師に指名する生徒は多そうだ。

……さて。

幸運にも優秀な教師に恵まれた俺たちのクラス。一般授業に関しては、美硯先生に一任しておけば問題ないだろう。ならば、考えることはただ一つ。

そう、〈恋愛学〉だ。

三時間目の授業が始まる頃、俺たちの〈学生証〉に新たな課題が追加された。

『異性と二人きりで昼食をとる』

課題更新と同時、〈学生証〉を確認した多くの生徒が渋い顔をした。

……当たり前だ。こんなもん、ほとんどデートだ。ランチデートだ。

恋愛初心者の俺たちには、あまりにもハードルが高い。

いや、中には俺に突っかかってきた渡世のように、デートなど中学時代で経験済みというリア充もいるのかもしれないが……。

しかも忘れがちだがこの授業、『好きな人がバレたら退学』なのである。

バカ正直に『好きな人』をランチに誘えば、一発でゲームオーバーだ。

とはいえ、女子は興味のない男子と昼食など断固拒否したいだろうし、男子も断られる可能性がある以上、気軽に女子を誘えない。

しかし、モタモタしていると自分の『好きな人』が他の異性とランチデートしてしまう可能性もあるわけで……なかなかにジレンマを感じさせる課題だった。

「…………」

黒板の上に設置された時計の針が、のんびりと時を刻む。

もう間もなく四時間目の授業が終了し、昼休みとなる。

ランチデートの一件もそうだが、それ以上に俺は今日、どうしてもやらなければならないことがあった。

それは、春香を同棲《どうせい》相手に指名することだ。

未《いま》だ部屋割りすら発表されておらず、おそらくは学生寮に着いた順か、出席番号などで同棲相手を決定・ローテーションしていくものと思われるが……〈仮・特待生〉だけは自分の同棲相手を指名する権利を持つ。

俺は当然、これを使って春香を指名したい。

俺自身が春香と同棲したいという気持ちも強いが、それと同じくらい、春香が他の男と同棲するのが嫌だという気持ちもある。

よって、俺が春香を同棲相手に指名することは確定なのだが……問題が一つ。

そう。春香自身も〈仮・特待生〉なので、同棲相手を指名することができるのだ。

これは俺の推測だが、仮に俺が春香を指名しても、春香が他の男子を同棲相手に指名すれば、春香の希望が通ってしまうと考えられる。

〈仮・特待生〉の権利や立場が平等なら、むしろそうなることが自然であろう。

ただ、同棲相手の指名もランチデートの相手と同様、『好きな人』をバカ正直に指名するのは危険である。

だから、俺以外に『好きな人』がいる春香も、真っ向からその人物を指名せず、一旦は他の男子を検討する……はずだ。

頼む、そうであってくれ！

そうでないと、もう俺には手が出せない！

春香が他の男と同棲することが決定してしまう……‼

（いや……大丈夫だ。今朝の課題も、春香は俺と取り組むことを選んでくれた。ならば、同棲相手も〈仮・特待生〉である俺を、絶対に検討してくれるはず――！）

全ての勝機は、その一点だった。

お互いが〈仮・特待生〉である事実。

――俺の計画はこうだ。まず、春香を『異性と二人きりで昼食をとる』という課題をクリアするために、ランチデートへ誘う。その誘いを受けてもらえれば、春香は〈恋愛学〉の点数を得るために俺と過ごすことが……少なくとも、イヤではないと仮定できる。

手を触れ合う程度からいきなり同棲では、ギャップがあり過ぎる。

そこで、間にランチデートを挟むことにより、手を触れ合うだけでなく一緒に過ごすのもOKだとお墨付きをもらおうという作戦だ。

加えて、ランチを一緒に食べることができれば、その場で俺たち二人の同棲が如何《いか》に〈恋愛学〉の点数を稼ぐ上で有用であるかをプレゼンすることができる。

俺の好意がバレたら元も子もないため、あくまでロジカルに、打算的な意味合いでお互いを指名しないかと持ちかけるのだ。そして、春香から『ＹＥＳ』を勝ち取る。

……これだ。これしかない。

高校生なのに、重要な商談先へ赴くセールスマンのような気持ちになる。

売り出す商品は、もちろん俺。

この商品を彼女に売り渡すことができなければ、俺に出世（同棲）はない。

どことなく教室中にそわそわした空気が流れる中、ついに四時間目終了のチャイムが鳴った。日直の号令が終わり、昼休憩に入ると同時、どこからか大きな声が上がる。

「冬坂さん！　僕と一緒にお昼ごはんを食べてください‼」

まるで告白だった。

クラスでも目立たない部類の男子が目をつぶって頭を下げ、右手を差し出している。

……お、おい。大丈夫か？

もしお前の好きな人が冬坂なら、『好きバレ』するんじゃ――

教室中がしんと静まり返り、彼と冬坂に注目している。

冬坂は、いつも通り余裕のある微笑《ほほえ》みでなにかを考えた後、

「――お断りしますわ」

と、一刀両断した。

「勘違いなさらないでくださいまし。貴方《あなた》のことが嫌いという意味ではありませんわ。ただ……もう少しだけ、紳士的に誘って頂きたかっただけですの。また明日以降、素敵なお誘いをお待ちしておりますわ」

顔を上げる男子に、にっこりと笑顔を向ける冬坂。

その顔を見た彼は一瞬で赤面し、「あ、明日また誘います！」と早口で答えていた。

「はい、お願いします。……とはいえ、本日も素敵な殿方とお昼をご一緒したいですわ。どなたか紳士的に誘って頂けると嬉《うれ》しいのですけど……」

そこで、冬坂の流し目が俺に向けられた。……気がした。

いや、勘違いだな！

鋭い系主人公を自称するだけあって、俺ってすぐ、周りの女子が俺のこと好きなんじゃないかと誤解するところあるし‼　きっと、近くの席の男子か……単に窓の外を見ていただけだよな！　そうだよな‼

懸命に目を逸《そ》らす俺氏。

……本当は俺をご指名なことがすぐにわかったが、全力で鈍感系主人公を演じさせてもらった。

なにを企《たくら》んでいるのか知らないが、彼女には関わらない方が吉だと、俺の第六感が全力で警鐘を鳴らしている。

それに、今日のランチのお相手はすでに決まっているのだ。

俺は春香を昼食に誘うため、席から立ち上がった。

勝負所は、ここだ。

逆に言えば、ここさえクリアしてしまえば、あとは作戦通りということになる。

春香はどこか負けず嫌いの気があるようだし、俺に『好きな演技』をしていることから
も、〈仮・特待生〉を利用することの有用性については理解していると思われる。

よって、彼女のプライドや性格を逆撫《さかな》でするような挑発、あるいは単純に向こうのメリ
ットが明示されたプレゼンを敢行すれば、俺の希望は通る見込みが高い。

（――――でも。もし万が一、断られたら……？）

席から立ち上がったところで、身体《からだ》が固まる。

その未来は考慮していなかった。

確かに春香は、朝の課題を一緒にこなしてくれた。

しかし、それは『握手』だったし、時間にしてもほぼ一瞬だ。一瞬だったからこそ、

〈仮・特待生〉で点数効率の良い俺を選んでくれたとは、考えられないだろうか……？

（……いやいや。落ち着けよ、俺。ネガティブになるな）

聞くところによると、女子にとって『ごはんを食べる』というのは、かなり重要なイベ
ントなのだそうだ。なにかの雑誌に書いてあった。

「食べるのが好きー♡」と発言する女子も多く、その好きさ加減といったら、男子の「エ

ロいこと好きー！」に匹敵するとかなんとか。

つまり、女子にとって食事に誘われるということは、男子にとってホテルに誘われることと同義なのではないか。俺は俺のような男子にホテルに誘われたとして、ＯＫするのか？　……いや、しない。だって男じゃん。

思考が暴走し、ネガティブな感情が渦を巻く。

立っているのに、前後不覚の状態にまで陥った。

こんな状態で好きな子をランチデートに誘うなど、到底不可能だろう。

ならば、とるべき行動はただ一つ。

持つべきものは友！

「お、おーい、水城ー。ちょっといいかー？」

雰囲気の達人・水城ならば、こんな時どうすればいいかも心得ているはず——そう思ったのだが。

「えー？　なに、ナッツー。呼んだー？」

頼みの友は、女子集団に包囲されていた！

見れば、誰が水城とランチタイムを過ごすかと、女子同士で牽制《けんせい》し合っている。

一部では軽いキャットファイトも始まっており、水城を取り合って、見たくもない女同士の醜い争いが……。

先ほどの発言が聞こえたのか、俺側にいた女子の何人かが振り返り、鋭い目つきでこちらを睨《にら》みつけてくる。

『今、あたしらバトってんだけど、あんたも参戦するわけ⁉』

言葉にしてないのに、目だけでしっかりと意思が伝わった。……すみません。俺は水城とランチが食べたいわけじゃないんです……。

途方に暮れていると、腰元にどん！と衝撃を受けた。

もう嫌な予感しかしないが、見下ろすと案の定、八矢が抱きついている。

「セーンパイ♡　一緒にゴハン食べましょー？」

彼女が走ってきたであろう方向を見ると、水城の取り巻きに勝るとも劣らない人数の男子が「ああん？　やんのか、コラ」とメンチを切っていた。

……うちのクラスの生徒たち、ちょっと好戦的すぎませんかね？

「離れろ、八矢。そして、自分の国へ帰るんだ。ここは危ない。主に俺が」

「あたしはセンパイの命が危なくても、ずっと一緒にいたいっス……！」

「いいセリフ風に見せかけて、超迷惑な罠《わな》」

「ああん、いけずー♡」

ぐいっと八矢を引き剝がし、男子生徒の群れへ帰還を促す。

しかし、思いのほか強い力で抵抗してきた。

「いや、マジな話、一緒にゴハン食べましょーよ。どーせ課題も出たじゃないっスか」

「そういうのは、あっちにいる誰かとやれ」

「いや、冷静に考えて、面識ない男子といきなり二人っきりでゴハンとか、キツいじゃないっスか」

「うぐっ……。やっぱ、そういうもんか？」

「そーいうもんっス。女子にとって『一緒にゴハン』は、『一緒にえっち』と同じくらいハードル高いっス」

「マジかー……。やっぱ、そうかー……」

「それでいうと、センパイは安パイじゃないっスか。昔から知ってるし」

「まぁ、中学時代はなんだかんだ世話になったしな……」

「ってことで、一緒にホテル行きましょーよー」

「話変わってない⁉」

「中学時代はいっぱいお世話したじゃないっスか♡」

「この流れで言うとすごい意味深に！」

「てことで、そっちのみなさーん！　あたしはセンパイとイロイロするんで、あきらめてくださいっス〜♡」

「言い方ァッ‼」

八矢の発言を受けて、彼女の取り巻きたちが文房具を構え始める。

おい、やめろ。紙ヤスリでコンパスの針を研ぐな。

マジで危ないやつだろ、それ。

命の危険も感じたが、それ以上に、このままこの空気に流されてしまいそうなことに危機感を覚えていた。

俺は春香とランチを食べなくてはならない。

その場で、今日の同棲《どうせい》相手指名について交渉しなければならないのだ。

しかし、男子集団に向けて「べーっ♡」と舌を出している八矢がしがみついている以上、こいつを振り解《ほど》いて春香をランチに誘ってしまえば、相当な不自然さが生じる。

色々と問題のあるやつだが、八矢の容姿が優れていることは俺も認めている。

それなのに、そんな八矢の誘いを断って春香にモーションをかければ、「あいつ、あの子が好きなのか……？」と思われることは必至。課題達成だけを考えれば、このまま八矢とランチをとるのが最も合理的なのだ。

思いもよらぬ窮地に立たされ、内心で冷や汗をかいていると……制服の裾がぐいっと引っ張られた。

「他の子とごはん食べちゃ、やだ……」

銀髪の隙間から覗《のぞ》く、切なげな真紅《あか》い瞳。

その瞬間、誰に何を言われたのか理解した俺の『なにか』が、グラリと揺れた。

恋に落ちる音がした。

「ピコン！」

……違った。鳴ったのは、恋に落とされた音だった。

「……さすがだな、首席。今のはさすがに動揺したぞ……」

表情を隠すため、顔に手をやりながらそんな風に言う。

それが精一杯だった。

……危ない。一瞬、マジで春香が俺のこと好きなのかと思ってしまった。

そんなことは絶対にないのに！

ちなみに、当の本人である春香は「……えっ。あっ！」と点数が加算された自身の〈学生証〉に目をやった後、ぱっと俺の制服の裾から手を放し、「ふふーん！」と腕を組んで勝ち誇った。

「おいしく点数を頂いてやったわ！　これがほんとの『昼飯前』ね！」

「いや、そんな慣用句はないが」

「今、作ったの！　あたしが開祖よ‼」

妙に慌てた様子でそんなことを言ってくる。

予想より上手《うま》く点数が入って動揺しているのか……？　頰もかなり紅潮している。演技とはいえ、やはり恥ずかしかったのかもしれない。

ともあれ、きっかけとしてはベストタイミングだった。

この流れなら、春香とのランチに持っていける。

「……やられっぱなしっていうのも、趣味じゃないな。今の点数は返してもらう」

「へえ……。じゃあ、わたしとランチを食べるってこと？　『戦争』と書いて『デート』をしようってこと？」

「それは世界観が違う。……が、意味合いは間違っていない。〈恋愛学〉一位をとるため、どちらが相手をドキドキさせるか――ランチデートで勝負だ！」

バチバチッと俺と春香の間に火花が散る。

実際のところ、朝の課題では向こうに点数をリードされている。おまけに、今のでさらに差が開いたのだ。これ以上点数を奪われれば、〈恋愛学〉一位の座はかなり遠退《とおの》く。

今の俺は、明らかに追う側。

このランチデートで巻き返さなければ、俺が『運命の女の子』と交際する未来は訪れない――！

「……センパイ、センパイ」

完全に勝負モードとなった俺の腰元で、八矢がくっついたり離れたりを繰り返す。

……おい、やめろ。豊満なバストが無駄にパフパフなっててんだろ。

お前にまで点数を供給してやるわけにはいかねーんだよ。

「センパイは、あたしとゴハン食べるんスよね？」

「いや、無理。俺は春香とお昼戦争《ランチデート》しないといけなくなった」

「ええー‼ なんでなんスか！ あたし程度のGカップじゃ不満なんスか‼ はるきゃんみたいな『くびれ』にメロメロなんスか‼」

「なにフェチかみたいな話はしてねーよ⁉ お前も話聞いてただろ！ 俺は首席かつ〈仮・特待生〉の春香から、ガッポリ点数を稼がなきゃならないんだ！」

「むぅー‼」

珍しく、八矢が不機嫌そうな顔をする。

言葉の調子はいつも通りだが、長い付き合いなので、割と本気でむくれているらしいことがわかった。……理由は不明だが。

俺が断ったため、他の男子と昼食を食べなきゃいけないことが嫌なのか……？

まさか、どうしても俺とランチデートしたいなんてことはあるまい。

しかし、いずれにせよ、俺の心は決まっている。

俺は春香とランチを共にし、その場で今夜の同棲についてプレゼンしなければならないのだ。

「……すまん、八矢。俺はどうしても〈恋愛学〉で一位をとりたいんだ。そのためには、〈仮・特待生〉の春香と課題をこなすのが最善。お前の誘いは嬉《うれ》しいが、今日のところは見逃してくれないか……？」

「…………」

そのまま数秒間、八矢は俺の腰にしがみついていたが……気持ちを整理したかのように、ぱっと離れてくれた。

「……今度、なんか奢《おご》ってくださいよ」

「死ぬほど食わせてやる」

「許したっス♡」

最後はいつも通りイタズラっぽい笑みを浮かべて、自分の席へと戻っていった。

こういうところがあるから、俺は八矢を憎めないのだ。

「あ、あの……。悪かったわね……。先約……」

両手の指をもにょもにょしながら、そっぽを向いた春香が呟《つぶや》く。

その姿が、ようやくかつての『運命の女の子』と重なった。

いつも他人のことを気遣い、思いやっていた彼女。

俺が人生で初めて好きになった女の子は、やっぱり春香なのだ。

「……春香は悪くないさ。俺が春香を選んだんだから」

「―――っ⁉」

「………あっ⁉」

なんか今の、告白っぽくなかった⁉

思いがけず漏れた本音をどう処理しようか迷っていると……俺の左手から「ピコン！」と音が鳴る。

その音で、俺も春香も落ち着きを取り戻した。

「……やるわね。やられたらすぐにやり返す、その精神。やっぱり、〈恋愛学〉最大の障害は青山みたい……！」

「もっ、もちろんだ！　俺は負けない‼」

内心で冷や汗を流しつつも、不敵な表情で言い返す。

……今後、自分の発言には十分注意しようと思った。

◇

覇王学園で最もメジャーな昼食は、学食である。

学食は学園内に何箇所か存在するのだが、その全てが三ツ星シェフの監修らしい。昨日もらったパンフレットに書いてあった。

おまけに、値段が異常にリーズナブルなので、生徒たちには大好評だろう。中には、ワンコインのビュッフェや軽いコース料理も存在するらしい。

とはいえ、それだけ人気な学食なので、昼休憩中は大混雑が予想された。

俺はこの課題が追加されてすぐ、ＬＩＮＥで水城にリサーチを頼んだのだが……返って来たのは「昼休憩はどこも混むよー。デートには使えなさ気ー」というものだった。

……どうやって調べたのかは不明だが、モテに全力を懸けるあいつが言うなら、間違いあるまい。

そこで俺は、学園内にある中庭をランチの場所として選択した。

設置されたベンチのそばには、桜の樹《き》がある。

まだギリギリ花びらが舞っており、ムードは十分。今日は比較的気温も高いので、寒いということもないだろう。絶好のロケーションだ。

「それじゃ俺、売店でなにか二人分買ってくるから」

春香をベンチに座らせ、颯爽《さっそう》と立ち上がる。

どうだ！　これならば、俺からの『奢り』を拒否することはできまい！

女子にとって『一緒にごはん♡』が重要な意味を持つと書いてあった雑誌の続きだが、どうも女子は『ごはんを奢ってもらうこと』に相当な喜びを感じるらしい。

これはおそらく、狩猟採集時代の生存本能的な名残が——……いや、その辺の事情はどうでもいい。重要なのは、これで女子の好感度を稼げるということだ。

幸い、俺は中学時代からバイトをしているおかげで金銭的な余裕がある。

加えて、覇王学園は売店のレベルも相当高いらしい。……勝ったな。

そんなことを思いつつ、売店へ向けて駆け出そうとすると——ぐいっと制服の裾が引っ張られた。

振り返ると、春香が落ち着きなさそうにわたわたしており、ベンチに置いた大きめの紙袋を気にしていた。……そういえば、あれは何だろう？

「あっ、あの……！　お弁当を、作ってきたんだけどっ……」

「なん……だと……!?」

思考がフリーズした。

当初の予定では、春香においしい昼食を奢り、ご機嫌をとって……その流れで同棲《どうせい》のプレゼンへと繋《つな》ぐつもりだったのだ。

相手の気分が良い時には、交渉事も通りやすい。

春香に俺という商品を売りつけるには、絶好のシチュエーション。それを作り上げるための作戦だったのだが……今の一瞬で、全てが無に帰した。

（いや……でも、嬉しい！　超食べたい!!）

俺の中の『本能』が、バンザイしながら小躍りを始める。

好きな子の手料理。

なんと魅惑的なワードなのだろう。

きっと、それだけでごはん三杯はいける。俺なら炊飯器を丸ごとカラにすることも可能だ。それくらい、春香の手料理は食べてみたかった。

しかし、そうなった場合、接待されるのは俺の方ということだ。

これから商品を売りつけようとするセールスマンの態度ではない。

そんな接待を受けてしまえば、むしろ俺が、春香からの要求に応えたくなってしまうではないか！

「と、とりあえず、俺の分だけでも買いに売店へ――」

「……その。お弁当、青山の分もあるの」

「くっ……！　じゃあ、食後のデザートを俺が――」

「果物だけど、デザートも用意してあって……」

「せめて飲み物を――」

「はい、温かいお茶」

「…………」

ダメだ、勝てない。

俺は観念してベンチに腰を下ろした。

ここで春香のお手製弁当を食べないという選択肢は、どう考えてもあり得ない。

せっかく作ってきてくれたお弁当を無視して売店の昼食を食べるなど、好感度ダウンもいいところだろう。〈恋愛学〉で点数が入るどころか、むしろ差し引かれるかもしれない。

悔しいが、やはり彼女は首席。

俺の思考の一歩も二歩も先を行ってやがる……！

今後の作戦を必死に練り直している俺の隣で、春香が妙にニコニコしながらお弁当を取り出した。

「確か、青山は唐揚げが好きだったわよね？」

「え？　ああ、そうだが……」

「よかった。ちゃんと入ってるわよー」

はい、とハンカチで包まれたお弁当を差し出してくる。

ピンクのハンカチの端には桜の花びらが刺繍《ししゅう》されていて、これが女の子のお手製であることを強く意識させられた。

しかしそれ以上に、先ほどの春香の発言が俺をドギマギさせる。

（なんで俺の好きなものを……？　まさか、過去のことを覚えて――）

ブンブンと首を振り、希望的観測を追い払った。

（……騙《だま》されるな、青山夏海。春香の好きな人は他にいる。ならば当然、これも策に違いない。首席なら、この短期間に俺の好物を探ることも可能なはず――!!）

思考の半分を春香との駆け引きに割きながら、弁当箱のフタを開く。

その中には、俺のためだけに用意された手料理が待っている。

定番の唐揚げに、だし巻き玉子。ポテトサラダにブロッコリー、プチトマト。ごはんの上には梅干しとふりかけが載っている。

「……うまそう」

「そっ、そんなに期待しないでねっ⁉ 料理なんて初めてだしっ！」

「いや、絶対うまいだろ……」

いただきます、と手を合わせて唐揚げにかぶりつく。

冷めていてもジューシーな肉汁が口内に溢《あふ》れ、俺の舌にしっかりとした旨味《うまみ》を――

（…………甘い）

てっきり、好きな子の手料理という事実が俺に補正をかけ、味覚をおかしくしているのかと思った。……が、そんなこととは関係なく、春香の唐揚げは甘かった。

（これは……なんだ？ 調味料を間違えているのか？ 砂糖が入ってる？）

そういう料理だと言われたら納得もできそうだが、俺にとって唐揚げというのは、醤《しょう》油《ゆ》とか塩とかスパイスの味がする食べ物だ。

甘い唐揚げでは、ごはんも進まない。

「どう、かな……？ おいしい……？」

不安そうな表情で春香が聞いてくる。

……正直、俺の好みではないが、人生で初めて食べる女子の手料理。

それも、五年間恋い焦がれた『運命の女の子』のお弁当なのだ。

俺の返事は決まっていた。

「ああ、すっげぇうまい！」

「よかったー！」

「春香はきっと、いいお嫁さんになるな！」

「ううん、そうじゃなくて」

「…………？」

「予想通り、青山が女の子のマズイ手料理に悦《よろこ》ぶタイプで、ほんとによかったー！」

にへら、と邪悪な笑みを浮かべながら、追加で水色のハンカチに包まれたお弁当を取り出す。

えっと……春香の分は、あれだよな。

すでに取り出してある黄緑色のハンカチに包まれたお弁当。

……ということは。つまり。

「これも点数を取るための作戦かぁぁぁあああああ‼」

「いやー、悩んだのよー。ちゃんとまともに作ったお弁当を渡すか、あえてちょっと失敗したお弁当を渡すか。ほら、男の子って、女の子が一生懸命作ったマズイお弁当を食べたい願望、あるじゃない？」

「いつの時代の話だよ！　俺は普通にうまい弁当食べたいわっ‼」

「そう？　でも、〈恋愛学〉の点数はもらえてるみたいだけど」

「それは違う意味でドキドキしたせいだーーーっ‼」

〈学生証〉を確認する春香に全力でツッコむ。

どうやら、春香に点数が入ったのは事実らしい。

しかし、俺がメシマズ美少女に興奮するはずもなく……リアクションに困ってドキドキしたのを、勝手に『恋愛的なドキドキ』だと誤認したらしい。

〈学生証〉のシステムも結構いい加減だな……。

「ごめん、ごめん。ちゃんと普通に作ったのもあるから、こっち食べなさいよ。これでも、料理の腕には自信あるのよ？」

「そうか。それは、なによりだ」

「………？　ちょっと。そっちはべつに残していいんだってば。あくまでサプライズ用に作っただけなんだから」

春香の制止も聞かず、俺は最初にもらった方のお弁当を食べ進めていた。

最初は驚いたが、そういうものだと思えば、食べられないものでもなかった。

基本的に、調理の過程で砂糖を少量加えた程度なのだろう。塩の代わりに塩酸とか、水の代わりに王水とかが入っているわけではないので、人体には無害だ。

彼女はまだ、真のメシマズ美少女を知らない。

「食べ物を残すなんて、もったいないだろ。それに、それだけ色々考えて作ってくれたんだ。普通の弁当より愛情がこもっているとも考えられる」

「んなっ——！」

「ああ〜。おいしいな〜、春香の手料理。愛情がこもってるから、甘いのかな〜？」

「やめてぇー‼　なにこの羞恥プレイ⁉　わたし、料理には自信あるんだってば！　こっち食べてよ、こっち‼」

「もちろん、そっちも食べるぞ。こっちを食べた後でな」

「みぎゃぁあーっ！」と猫のように泣き喚《わめ》く春香の隣で、マズイ方のお弁当を次々と口に放り込んでいく。

先ほどから、俺の左手で〈学生証〉が鳴っているのにも気づいていた。

どうやら、『自分が失敗したマズイ手料理を食べてくれる男の子』というのも、女子的に胸キュンポイントらしい。

……あるいは、また〈学生証〉が羞恥のドキドキを恋愛のドキドキと誤認している可能性もあるが。

「あー、マズかった。おかわり」

「うぅ……。もう、いっそ殺してぇー……」

涙目の春香から水色のハンカチに包まれたお弁当を受け取る。

中身は同じだが、こっちには砂糖が入っていない。

唐揚げなんて、一から作るとなると、それなりに大変なのだが……春香のお弁当に入っているそれは明らかに冷凍食品ではなく、下味もしっかりとついていた。それだけで、彼女の料理の腕前を彷彿《ほうふつ》とさせる。

なるほど。料理に自信があるというのは、本当らしい。

正直、弁当二つはキツいかと思ったが、これだけおいしければ余裕だ。

「うまいよ。今度は本当だ」

「嬉《うれ》しいけど……なにかしらね……。この心に空いた穴は……」

「それと、ごめん」

「…………?」

「このお弁当、ほんとは別のやつにあげるつもりだったんだろ？」

ずっと気になっていたことを、ようやく口にした。

そう。これだけ手の込んだお弁当、しかもあえて用意した『マズイ版』も含めて、彼女が偶然持参したはずがないのである。

今日はたまたま『異性と二人きりで昼食をとる』なんて課題が出たが、それを事前に察知することは不可能。

ならば、春香は課題とは関係なくこのお弁当を用意したことになる。

〈仮・特待生〉である俺から点数を奪うための作戦……という可能性もあるが、それにしては手が込み過ぎている。それに……この二つのお弁当からは、疑う余地もないほどの『愛情』を感じることができた。

きっと、春香の『好きな人』に渡すため、作られたお弁当なのだろう。

それなのにあんな課題が出たものだから、急遽《きゅうきょ》、俺への作戦に変更したのだ。

それが嬉しくもあり……悲しくもあった。……のだが。

「……？　ううん。このお弁当は二つとも、最初から青山のために——」

「…………え？」

春香の左手で〈学生証〉が「ピコン！」と音を立てた。

それはいい。俺が恋愛的な意味でドキドキしたことがバレてしまったが、彼女の反応を考えればそれは正常なリアクションだ。

話を整理しよう。

春香がお弁当を作った時、今日の課題は明示されていなかった。

それなのに、こんなにも手の込んだお弁当を用意して、それを実際に食べた俺は、確かに春香の『愛情』を感じたのだ。

これが本当に俺のためだけに作られたものだとしたら、春香の『好きな人』は——

「えっ……⁉　あっ……‼」

自分の〈学生証〉が鳴ったことにより、春香も俺の考えに気づいたのだろう。

長い前髪で隠せないほど頰を紅潮させながら、早口で言い返してくる。

「ちっ、違うわよっ⁉　べつに青山とお昼を一緒に食べたかったとか、そういうことじゃなくて‼　ほらっ！　これも青山から点数をもらうための作戦っていうか⁉　だからあえて、マズイお弁当も用意してたわけで——っ‼」

今度は俺の〈学生証〉が鳴る。

その音で確信した。俺の読みが全くのハズレであることを。

……なるほど。課題がどうこう以前に、女の子から手作り弁当を振る舞われるというのは、男子がドキドキするシチュエーションの一つである。

だから春香は昨日、この二つのお弁当を準備したのだ。

つまり、俺が感じた『愛情』は全くのデマ。

俺が春香を好きなために誤解した、俺の完全な赤っ恥——と、ここでまた春香の〈学生証〉が「ピコン！」と音を立てる。

ええいっ、うるさい！　今のは恋愛的なドキドキじゃない‼

ただの羞恥！　あるいは、俺の好意がバレるかもしれない方のドキドキだっ‼

「……あの。デザートの果物、よかったら……」

「お、おう。ありがとう……」

タッパーに詰められたカットフルーツの中から、リンゴを一切れ頂戴した。

このリンゴも、春香が丁寧にカットして——……などと考えると、特別に思えてくる。

……いや、そうじゃない。

本題を思い出せ、青山夏海よ。

春香のお手製弁当のせいですっかり計画を台無しにされてしまったが、当初の俺の目的は、このランチタイム中に春香を同棲《どうせい》へ誘うことだった。

中庭に設置された時計に目をやる。

昼休憩終了まで、残り十分。あと五分で予鈴が鳴る。

春香の手作り弁当にわたわたしたせいで、思いのほか時間が過ぎていた。

本来であれば、俺の『奢《おご》り』でおいしいごはんを食べてもらい、いい気分にしたところで本題を切り出すつもりだったが……その作戦はもう使えない。

(くっ……仕方ない！　危険な賭けだが——‼)

そこで俺は、隠し持っていたジョーカーを切った。

「……春香。お弁当のお礼としては、ささやかだが……よかったら、これ」

「……？　なに、この包み？」

「売店で一番人気のスイーツだ。……俺のおやつとして！　あくまで、俺のおやつとして購入していたんだが‼　春香のお弁当でお腹《なか》いっぱいだし、よかったら食べてくれ」

俺のおやつ、をひたすらに強調する。

前もって売店でスイーツを買っておくなど、不自然極まりない。

だからこそ俺は、昼食時に売店へ向かい、その時に買った『てい』でこれを渡すつもりだった。しかし……春香の手作り弁当によって、その流れは封殺されてしまった。多少不自然でも、ジョーカーを切るにはこの方法しかない。

警戒する俺を余所《よそ》に、春香は少しウキウキした様子で包みに手をかけた。

甘いものに目が眩《くら》み、こちら側の不自然さには気づいていないらしい。僥倖《ぎょうこう》だ。

だが、その中身が現れると、ピタリと動きを止めてしまった。

「……イチゴの、ショートケーキ……」

それは、春香の大好物だった。

五年前のあの日を思い出す。

春香と過ごしたのは、たった十日間。

大抵は図書館で勉強を教えることに終始していたが、一度だけ、図書館に併設されたカフェに行ったことがあった。

俺は甘いものなどそっちのけで唐揚げ定食を頼み、春香は紅茶とショートケーキのセットを頼んだ。その時に、春香の大好物がイチゴのショートケーキだと聞いたのだ。

幸せそうにケーキを口に運んでいた、俺の想《おも》い人。遠い日の思い出。

だからこそ、この学園の売店で一番人気のスイーツがショートケーキだと水城に聞いた時、俺は真っ先に確保しておくべきだと考え、行動に出たのだ。

昼休憩になってから買いに行ったのでは、売り切れている可能性が高い。よって、狙うはそれ以前。休憩中は戦場と化す売店も、授業中ならガラガラだ。

本当に、美硯先生の授業スタイルには感謝してもしきれない。

「…………」

ケーキの美しさに見蕩《みと》れていた春香が、そっとフォークを突き刺し、口に運ぶ。

さすが三ツ星シェフの監修だ。

こんなケーキ見たことない。

一応、生クリームとイチゴでショートケーキに分類されるらしいことはわかるが、羽毛のようにカットされたホワイトチョコレートがトッピングされていたり、金粉がかかっていたりと、おおよそ俺の知るショートケーキとは一線を画している。

だからこそ、ケーキ好きの春香には、より衝撃的だったに違いない。

「…………美味《おい》しい」

ほう、と幸せそうに息を漏らす春香を見ていると、こっちまで幸せな気持ちになった。

どうやら、作戦は無事に成功したようだ。

購入タイミングの不自然さもさることながら、春香の大好物をピンポイントで渡してしまう作戦ゆえ、「昔のこと、覚えてるの？」とか、「今でもわたしのこと、好きなの？」とか返されたらどうしようかとヒヤヒヤしていたのだが……『売店で一番人気のスイーツ』という言い訳が有効に機能したようだ。

（――勝負をかけるなら今だぞ、青山夏海）

頭の中で、自分が自分に発破をかける。

春香の手作り弁当は、確かに強力だった。

しかし、今現在の春香は俺のケーキで気分が高揚しているだろうし、血糖値もテンションも爆上がりのはずだ。女の子にとって甘いものは麻薬なのだと、いつか八矢も言っていた気がする。

だから、同棲の件を切り出すなら、今しかない。

「…………」

手のひらにじっとりとした汗が滲《にじ》み、ズボンの端で拭う。

ヒリつく喉に生唾を押し込み、震える唇を犬歯で噛《か》んだ。

……本当は、もっと上手《うま》いやり方があったように思う。

話を誘導して春香から誘わせたり、それとなく誰を指名するのか探って、そのデメリットと俺を指名するメリットについて力説することもできた。

搦《から》め手や誘導尋問を考えればキリがない。

そして、結果だけを優先するなら、そういった手段を採用するのが最も合理的な選択だった。

しかし、俺はその全てを捨てた。

ここに至って、ようやく自分の原点を思い出したのだ。

俺の原点。春香のような『優しい人』になりたいという、願い。

彼女の隣に立ち、彼女を幸せにできるような男なら、きっとこんな場面で卑怯《ひきょう》な手は使わない。

だから決めた。

言うんだ。俺の方から。

ただ、真《ま》っ直《す》ぐに——


「——春香を、同棲相手に指名したい」


声が震えた。

でも、言葉はきちんと発音できたと思う。

春香が弾《はじ》かれたようにこちらを向いた。

「お互いに〈仮・特待生〉だから、点数効率がいい……っていうのが、一番の理由だ。あとは……その……。……やりやすい。春香と一緒だと、その……」

本当は、違う。

『一緒にいたい』

それが、俺の言いたかった言葉だ。好きバレするから言えなかったけど。

俺の〈学生証〉から音が鳴る。

こんなもん、擬似的な告白だ。ドキドキしてもらわないと困る。

そして、誰だって異性にこんなことを言われればドキドキするので、たとえ〈恋愛学〉の点数が入ったとしても、好意があるという証明にはならない。

まったくもって、分の悪い賭けである。

「……………わっ、わたし、も……」

それでも、俺は勝った。

「わたしも……青山が、いいっ……」

天にも昇る心地とは、こういうことを言うのだろう。

チープな言い回しだが、まさにその表現がぴったりだと思った。

恥ずかしそうに赤い顔を逸《そ》らす春香。

そんな彼女を見ていると、まるで俺という存在が世界に溶け、たゆたうような幸福感に包まれる。これまでの人生で、こんな気持ちを味わったことは一度もない。

まさに天上の心地。地上にある天国だ。

どこかで、昼休みの終わりを告げるチャイムが鳴った。

それでも、俺と春香は動けずに、二人だけの天国を漂い続けた。

◇

それから先の数時間を、俺はほとんど覚えていない。

確か、昼休み明けの授業には遅刻したのだと思う。慌てて教室に入った俺と春香に対して、美硯先生は怒るどころか「よくやった！」と褒めてくれた。

どうやら、俺たちが〈恋愛学〉で学年トップをひた走っているらしく、その成果もあって、例の学年主任は手が出せなくなったらしい。

それから午後の授業を受けて、掃除をして、ホームルームを終えて、放課後となった。

部活動の見学などもできたのだが、ほとんどの生徒が学生寮へ興味を示し、寮への直帰を希望した。

同棲の部屋割りは予想通り、出席番号順にローテーションするらしい。

〈仮・特待生〉である俺と春香は互いを指名することに同意し、ローテーションに関係なく、お互いが希望し続ける限り同室となることが決定した。

そして今、春香が俺の部屋でお風呂《ふろ》に入っている。

……もう一度言おう。

俺の好きな子が！　俺の部屋で‼

一糸纏《まと》わぬ姿で‼　お風呂に‼　入っているのだ‼

同棲《どうせい》する以上、ここは俺の部屋であると同時に、春香の部屋でもある。

だから、春香が自分の部屋のお風呂に入ることは、なんら不思議ではない。

むしろ自然だ。自然なのだが……はっきり言って俺は、今にも心臓が口から飛び出しそうなほどドキドキしていた。

水を飲もうとしてテーブルの上に手を伸ばし、グラスが空であることに気づく。

ならば、冷蔵庫から水のボトルを——と立ち上がったところで、風呂場の方から「ちゃぷん……」と水音が鳴った。

即座に体が硬直する。

覗《のぞ》いたわけでもないのに、脳裏に鮮明なイメージが浮かんだ。

かけ湯を終えた春香が、ゆっくり湯船に浸《つ》かる。

一日の疲れを癒《いや》すようにそっと息を吐き、こう、セクシーに脚を——

「……だらっしゃぁっ‼」

俺は俺を殴った。

顔面を拳で。リアルファイトで殴った。

いくらなんでも、テンパりすぎだ。

こんな醜態を晒《さら》せば、いくら打算的な春香でも、ドン引きして同棲相手の指名を解除してくるかもしれない。そうなったら、一巻の終わりだ。

落ち着け、青山夏海……！　落ち着くんだ……‼

リモコンを摑《つか》み取り、テレビの音量を上げた。

好きな子の水音なんて聞いてるから悶々《もんもん》とするのだ。多少もったいない気もするが、ここは紳士的に行こう。

幾分か冷静さを取り戻した俺は、改めて自分が住むことになる部屋を見渡す。

……広い。広すぎる。

何畳あるのか忘れてしまったが、五人家族くらいなら平気で住めそうだぞ……。

まるでリゾートホテルのようだ、という前評判は確かで、実物を見たことがなくても、こんな感じなのかな……と思ってしまう。

全体的にオシャレな木目調の家具で統一されていて、今俺が座っているソファもふかふかだ。最新型のテレビに、各種食材やドリンクの詰まった冷蔵庫まで完備。おおよそ、学生には不相応な一室だろう。

ベッドルームがないのは、不純異性交遊防止の一環だと思われる。

部屋の奥に大きめのベッドが二つ用意されていて、それぞれがカーテンで仕切れるようになっていた。病院のベッドなんかについている、あれのオシャレ版だ。

寮内施設も充実しているようで、ジムや遊技場、大浴場まであるらしい。

特に最上階の露天風呂は女子に人気らしく、大多数の女子がそちらに殺到していると聞いたのだが……春香は「わたし、お風呂は一人で入る方が好きなの」と自室の方に入ってしまった。

結果、現在の俺が精神的に追い詰められているわけだが……。

ちなみに、寮での食事は全てルームサービスで提供されるそうだ。

部屋に簡易的なキッチンがあり、自炊することも可能なのだが……学食と同じく、一流シェフが和・洋・中・フレンチと用意して、毎日無料で提供してくれるらしい。

先ほど、俺も春香と一緒にフレンチを頼んでみたのだが……この世のものとは思えないほどおいしかった。もちろん、俺の主観では春香の手料理の方が上だったが、今後もほとんどの生徒はルームサービスで食事を済ませることになるだろう。

「ふう……」

食事を終え、お風呂も先に頂いてしまったので、やることがない。

いつもなら適当にスマホをいじっている時間帯だが、なんとなく、お風呂上がりの春香がそれを見たら印象悪いかな……と考えて、軽い柔軟と筋トレを行うことにした。

この辺はもう、陸上部時代の名残だ。

スクワット、腕立て伏せに続いて上体起こしに勤《いそ》しんでいると……バスルームに続くドアがゆっくりと開いた。

「お風呂、いただいたわよ……」

「…………っ!? ぐわぁっ!?」

「ど、どうしたの？　大丈夫？」

……大丈夫ではない。腹筋がつった。

そしてそれ以上に、俺の精神が壊滅的なダメージを受けたのだ。

バスルームから出てきた春香。まだ少し濡《ぬ》れた髪に、上気した頰。瑞々《みずみず》しい肌。……それだけでも即死級の精神兵器だというのに、なぜかナース服を着ている。

少々スカート丈が短いワンピースタイプの白衣。スカートとニーソで強調されたふともには、ガーターベルトまで見える。色んな意味で動揺する俺を尻目に、春香は真っ白なサンダルをつっかけ、頭の上にナースキャップを載せた。

「わたし、寝る時のパジャマはこれなの」

「嘘《うそ》つけっ！　そんなパジャマがあってたまるか‼」

おそらく、美硯先生の動画の影響だろう。

俺とのやりとりで「お前の動画はナース服だぞ？」と言っていたのを、春香も聞いていたのだ。

どういう理由でそうなったのかは知らないが、俺にナース服属性はない。〈恋愛学〉の点数を稼ぐのが目的だったのだろうが、その努力は徒労に――

「…………」

「……どうしたの、青山？　顔が真っ赤よ？」

「いや⁉　これは――‼」

春香の〈学生証〉が「ピコン！」と音を立てた。

……違うんだ。俺は決して、ナース服に反応しているのではない。

湯上がりの春香が、露出の多い、身体《からだ》にぴったりとフィットした服に身を包んでいることにドキドキしているのだ。おまけに、こんな状況でナース服を着ているためか、顔を羞恥に染め、恥ずかしそうにもじもじしている。

好きな子がそんな仕草をすれば、どんな服でも反応しただろう。

「お、お注射しましょうかー……？」

「どういうセリフだ！　ていうか、なんでナース服なんて持ってるんだよ⁉」

「え？　普通に購買部で買ったわ」

「どんな購買だっ！」

「他にもメイド服とかチャイナドレスとかあったけど」

「ここ、高校ですよね⁉」

なんでそんなアダルティなアイテムが⁉

いや、俺の心が汚れてるからエロいアイテムに見えるのか⁉

ともあれ、このままでは色々とマズい。点数獲得に気を良くした春香は、追加で紺色のカーディガンを取り出し、嬉《うれ》しそうに羽織り始める。……もちろん、俺にはカーディガン属性もないが、好きな子が着ればどんな衣装も致命傷となり得る。

慌てた俺は、とっさの判断でTシャツを脱ぎ捨てた。

「ひゃぁっ⁉　ちょっと！　なんで急に脱ぐの⁉」

「さっきまで筋トレしてたから、暑くなったんだ！」

「だ、だからって！　女の子の前で服を！　……脱ぐ、なんて……」

悲鳴をあげて両手で顔を覆った春香が、指の隙間から俺の身体を凝視する。

目には目を。歯には歯を。動画には動画を。

美硯先生の授業。春香の『エロ版』があんな内容だったことから、もしや……と思っていたが、どうやら春香は男の筋肉に興味があるらしい。

俗に言う、細マッチョが。

場当たり的な対抗策だったが、思った以上に機能したようだ。

せっかくなので、先ほど提供した点数を返してもらおう。

「俺の筋肉なんて大したことないが、それでもトレーニング直後は肥大化する。……どうだ？　上腕二頭筋がお好みか？　大胸筋か？　それともシックスパック——」

「ちょっ!?　わ、わたしを変態の、筋肉フェチ扱いするんじゃないわよっ！」

などと言いつつ、指の隙間は決して閉じない春香さんであった。

……え、なに。もしかして、春香って筋肉フェチ・ガチ勢《ぜい》なの？

そんなに見られると、さすがに恥ずかしいんですけど。

中学時代の陸上部顧問が筋トレ信者だったため、やたらと部活で強要されたのだが……俺自身は「走るのに筋トレ、必要なくね？」という考えだったので、そういったメニューは適当に流していた。

こんなことなら、もっと真面目にやっとくんだったな……。

いい加減、自分の裸（上半身だけだが）を凝視されるのも恥ずかしくなったので、いそいそとTシャツを着直す。

それで「ハッ⁉」と正気を取り戻した春香も「着替えてくる！」と言ってバスルームに駆け込んだ。しばらくすると、普通のパジャマ姿で戻ってくる。

……好きな子のパジャマ姿もかなりの破壊力だったが、先ほどのナース服が衝撃すぎたため、どうにか平静を保つことができた。

「…………………」

「…………………」

お互いに若干の気まずさを引きずったまま、ソファに腰掛ける。

大きめの作りだが、それでも二人用。俺と春香の距離は自然と近くなった。……この辺も、学園側が色々と考えているのかもしれないな……。

気を取りなおすように「……こほん」と咳払《せきばら》いして、話題を探す。

とにかく、空気を変えたい。

このままでは、安眠できる気がしない。

「あー……その。春香って、夜は前髪分けるんだな」

「―――っ⁉」

ただの世間話のつもりだった。少なくとも、俺の感覚では。

しかし、どうやらそれは、春香にとって敏感な話題だったらしい。

俺の発言にギクリ！と身体を強張《こわば》らせた春香が、慌てたように自分の額に手をやる。

そして、その手が前髪を留めていたヘアピンに触れると、勢いよく引き抜いて前髪を下ろしてしまった。

「ご、ごめん。お風呂上がりに留めて、そのままだった」

「……え？」

「き、気持ち悪かったでしょ……？」

最初、俺は春香がなにを言っているのかわからなかった。

しかし、執拗《しつよう》に前髪を撫《な》でつける春香を見て、どうやら自分の赤い瞳を気にしているらしいと気づく。

（いや……でも、なんで『ごめん』になるんだ……？）

春香はアルビノなので、肌が白く、目が赤い。それは自然なことで、俺はそれらの身体的特徴を気持ち悪いと思ったことなど、一度も——……と考えて、思い至る。

今の俺が、春香と初対面だということに。

俺が春香との『約束』を覚えていると知られれば、春香に『好きバレ』する可能性がある。だから俺は、春香との思い出を忘れているフリをしているのだ。

その結果、春香視点では、俺と春香は出会って二日目ということになっている。

そんな俺が、春香の容姿や真紅の瞳をどう思うか。

それを彼女は計りかねているのだ。

「……アルビノっていう病気でね。小さい頃は『白髪《しらが》ー』とか『吸血鬼ー』とかイジメられたわ……」

あはは……と力なく笑う春香の言葉が、胸に刺さる。

子どもは残酷だ。自分と違ったもの、劣っているものを容赦なく蔑み、疎外する。

もしかしたら俺も、どこかで誰かにそんなことをしていたのかもしれない。

「え、ちょっ……。あ、青山……？」

俺は春香にゆっくりと近づき、手を伸ばした。

間違っても傷つけないように、手の甲からそっと近づけて……前髪を優しく横へ流す。

「……うん。やっぱり、きれいだ」

「ふ、ふぇえ……!?」

真紅《あか》い宝石を見つめながら呟《つぶや》くと、春香の顔が瞳よりも真っ赤になった。

そこで、俺の〈学生証〉が「ピコン！」と音を立てる。

「あっ、そ、そういうこと⁉　ズルいわよ、青山……！　人の弱みに付け込んで……‼」

「ああ、そうだな」

「か、顔近い……！　それに、そのウソはさすがに傷つく……っ‼」

「安心しろ、嘘じゃない」

「え……？」

「きれいだと思っているのは、本当だ」

「――――っ！？」

どうやら、春香にとって容姿を褒められるのはクリティカルだったらしい。

その証拠に、俺の〈学生証〉は絶え間なく音を発しているし、春香の頬は熱があるんじゃないかと心配になるほど紅潮している。

でも、これだけは言っておきたかった。

たぶんそれが、春香の優しさの『源泉』だと思ったから。

そして……俺はその優しさに、救われたのだから。

「～～～～っ‼」

そのままの体勢でしばし紅玉の瞳に見蕩《みと》れていると……プルプルと春香が震え始めた。

なんだか、キスでもできそうな距離感だな……と考えて、ようやく自分のしでかした行いに気づく。

……え。ちょっと待って。

なにしてんの、俺。

好きな子の髪に触れながら、至近距離で見つめ合っている。

心なしか、春香が唇をモニョモニョさせており、なんだったらキスをねだっているような気がしないでも――……って、そんなわけあるかっ！

正気を取り戻した俺は、ぱっと春香から離れた。

なんだか、取り返しのつかないことをしてしまった気がする。

もうこれは、俺が春香を好きだと白状したに等しいのではないか。今、春香から「わたしのこと好きなの？」と聞かれれば、反論に足る言い訳を用意する自信はない。

絶体絶命のピンチを救ってくれたのは〈学生証〉だった。

先ほどは俺のものだけだったが、今度は俺と春香の〈学生証〉が同時に音を立てる。

その挙動、そして点数獲得時とは異なった電子音により、〈恋愛学〉の課題が更新されたのだと気づいた。

どうにか俺はそっちに話題を変えようと思ったが、俺が行動するよりも早く、春香が上ずった声を上げた。

「か、『課題』が更新されたみたいね！」

「そうらしい！」

なぜか春香の方から話題を逸《そ》らしてくれた。

これ幸いと、俺も全力で春香の発言に乗っかる。

お互い、なにかを誤魔化すように〈学生証〉を操作した。……この際、内容はなんだっていい！　今はとにかく、この妙な空気をどうにかしてくれるきっかけになれば——

「……『異性と』」

「『恋人繋《つな》ぎする』——って、書いてあるわね……」

……俺はこの学園の理事長に物申したい。

不純異性交遊を防止したいのか、推奨したいのか、どっちだ！

頭を抱える俺とは裏腹に、春香は早々に覚悟を決めたらしい。

「はー……」と気合を入れるように深呼吸すると、「……ん」と言って右手を差し出してきた。

「うぇえっ!?　いっ、いいのかっ!?」

「ちょっと！　なんで狼狽《うろた》えるの!?　わたしまで恥ずかしくなってくるでしょ！」

「でも俺……はっ、初めてだし……」

「女子かっ！　恋人繋ぎの初めてってなによっ！」

「春香さんは経験豊富かもしれないけど、俺の乙女な男子心が――」

「わたしだって初めてよっ‼」

真っ赤な顔で怒鳴る春香を見ていると、俺もだいぶ落ち着いてきた。

「そっか……。じゃあ、初めて同士だな……」

「いちいち、いやらしい言い方すんな！　ほら、はい！」

やけくそ気味の春香が俺の左手をとり、指を絡《から》ませてくる。

ぞっとするほど、甘い刺激が俺を包んだ。

今朝も春香の手に触れたが、ただの『握手』と『恋人繋ぎ』には、天と地ほどの差があった。今までの人生で味わったこともないような刺激が、俺の全身を包み込む。

女の子の温《ぬく》もり。鼓動。春香の右手に俺の左手を絡ませているだけなのに、今までよりずっと強く、春香という存在を感じた。

「…………」

先ほどの軽口は、もちろんわざとだ。

正確には、逃げとも言う。

そうでもしなければ、俺はもう、耐えられそうになかったのだ。

この二日間だけで、色んなことがあった。『運命の女の子』と再会し、〈恋愛学〉などという授業が始まり、春香に俺以外の『好きな人』がいることを知った。春香と付き合うためには〈恋愛学〉で春香に勝たなければいけなくなった。

しかし、そんなこととは関係なく、もう俺は、自分の気持ちが溢《あふ》れそうだった。

この『恋人繫ぎ』は、きっとトドメになるだろう。

そう予感したからこそ、俺は必死に軽口を叩《たた》いて自分の気持ちを誤魔化し、こうして春香と繫がっている今も、沈黙することで「好きだ」と言うのをどうにか耐えている。

ともすれば、不自然に黙っているだけでも『好きバレ』する可能性はあったが、直接的に言ってしまうよりはずっとマシだろう。……と、そんなことを考えていると、春香がゆっくりと口を開いた。

「……さっきのこと、だけど」

「…………」

「わたしの目……きれいだって言ってくれて、嬉《うれ》しかったんだよね。そんな風に言ってもらえたのは、人生で二度目だったから……」

一度目がいつだったのか、俺にはすぐにわかった。

だけど当然、そんなことは言えなかった。

春香がそっと、俺の肩に頭を預けてくる。
俺の鼓動は高鳴ったが、不思議とその行為が『作戦』だとは思わなかった。
きっと春香の口元が、幸せそうに綻んでいたからだと思う。

幕間《まくあい》　とある少女の日記

四月十日。金曜日。

覇王学園《はおうがくえん》に入学して二日目。……死にそう。

今日一日だけで、たくさん事件が起こったわ……。

朝に青山《あおやま》くんと手を触れ合って、お昼には一緒にお弁当を食べて、そこでお互いを同棲《どうせい》相手に指名することを約束して、夜には……恋人繋ぎ、を……。

あーっ！　もう無理ぃーっ‼

一生かけてやりたいと思っていたことが、一日で叶《かな》っちゃったわよ‼

おまけに青山くんったら、わたしの目をきれいとか言い出すし……。

幼稚園の頃、この目を気持ち悪いって言われてから、極力他人《ひと》に見せないように隠してきたのに、そんな風に言ってくれるなんて……。

しかも、一度ならず二度までも‼

再会した青山くんもそう思ってくれるなら、青山くん的に、わたしの容姿はアリってこ

と⁉　この容姿さえクリアできれば、性格はいくらでも変えられるし、わたしにも青山く
んと付き合える可能性が――‼

……こほん。

落ち着きなさい、春香《はるか》。

もしわたしが青山くんの恋愛対象に入れたとしても、ライバルは盛り沢山。

いつも一緒にいる八矢《はちや》さんに、すごく美人な冬坂《とうさか》さん。

青山くんは八矢さんをぞんざいに扱っているけど、朝の課題では二二点も入ったらしい
し……おまけに冬坂さんも、あからさまに青山くんを気にしているのよねー……。

……朝の課題と言えば。

青山くんを好きだとバレそうだったからウソついちゃったけど……あの時、わたしに入
った本当の点数は二〇点でした。つまり、わたしへの好感度は良くて冬坂さんと同等。少
なくとも、八矢さん未満ということに……。

ううん！　落ち込んじゃダメよ、春香！

青山くんと同棲してるのはわたしだし、明日は土曜日！

一日かけて、しっかりと好感度を稼いでやるわ‼

第三章　氷の世界

学校を『地獄』だと思わないか？

俺は思う。思っていた。少なくとも、小学生くらいまでは。

俺にはかつて、『神童』と呼ばれていた時期があった。

同学年の奴《やつ》らがゲームやサッカーに夢中になる中、俺は『数学』に夢中になっていた。

断っておくが、俺は勉強が好きなわけではない。

どちらかと言えば嫌いだ。

にもかかわらず、俺が数学に夢中になっていたのには理由《わけ》がある。

『力』が必要だったのだ。

当時、小学生だった俺たちは、自分が同級生の『みんな』と比べて『どれだけ優れているか』を競い合っていた。勉強。運動。課外活動。性格。容姿。習い事。

教師や保護者の価値基準の下、優れた結果を出せば褒められ、彼らの意向に反すれば叱られる。そんな毎日を送っていたのだ。

そして、大人たちの評価はそのまま子どもに伝聞され、ヒエラルキーを形成する。

暗黙の了解の下、子どもたちは誰が自分より上で誰が自分より下かを見定め、上の人間が下の人間を支配する冷たい世界が広がっていた。そして、そのヒエラルキーを知った親が親同士でもヒエラルキーを形成し、マウントを取り合うという、泥沼状態が続いていたのだ。

俺にとっての悲劇は、俺の親が、そういったことに敏感であったことだ。

俺が同学年の生徒にテストで負ければ「どうしてお前は馬鹿なんだ！」と怒鳴られ、スポーツで負ければ「お前は出来損ないだ！」と殴られ、学校での素行を注意されれば、夕食をもらえなかった。

あの環境で、俺が生き延びる方法はただ一つ。

『勝つ』ことだけだった。

数学を選んだのは、それが一番楽だったからだ。他の科目に比べて、圧倒的に覚えることが少ない。最低限の理屈や公式さえ知っていれば、目の前の問題について考えるだけで答えが出る。運動や課外活動などと違い、大人たちとも勝負できる。……そう。俺は、同学年の子どもなど眼中になかった。俺が勝ちたいのは、親だったのだ。

結果は、思ったよりも早く出た。

運動や習い事に割り振るべきエネルギーを集中させたせいか、ゲームやサッカーなどの遊びを排除したせいか。あるいは、もっと単純に『生きるためには勝つしかない』という強迫観念が、俺を後押ししたのかもしれない。

小学三年生で俺の数学は大学レベルに達し、小学四年生へ上がる直前に『フェルマーの最終定理』を解いた。もちろん、当時はすでにイギリスのワイルズ教授によって証明がなされていたが、小学四年生にしては破格の成果だろう。

『数学界の寵児《ちょうじ》！　神童・青山夏海《あおやまなつみ》くん！』

当時の新聞には、そんな見出しの記事が何度も載った。

そして、それをきっかけに、俺の両親など足下にも及ばないような大人たちが俺を訪ねてくるようになり、俺の世界は一変した。

クラスメイトからのやっかみは、以前からあった。しかし、それが徐々になくなり、たまに俺を攻撃しようとする生徒が出ると、即座に大人たちに取り押さえられ、翌日には転校するようになった。

授業を行う教師がビクビクして、俺に気を遣うようになった。小学校は担任制で全ての教科を一人の教師が担当するのだが、俺のクラスの担任はよく替わった。一度、俺の態度が気に食わなかったらしい男性教師が俺の頭を殴ったのだが、彼は翌日、教育界を追放されたらしい。

そして、俺の親も、俺の顔色を窺《うかが》うようになった。

今までやられた分、しっかりと殴り返してやった。反抗的な目をした際には「これまでやったことをバラすぞ？」と脅してやれば、静かになった。夕食は好きなものを食べ、好きなだけカネを使ってやった。俺の機嫌を損ねれば、毎日のように訪ねてくる『偉い大人たち』に、なにを言われるかわからない——そう、顔に書いてあった。

世界中の人間が敵だった。

屈服させ、服従させ、支配するしかなかった。

そうでなければ、殺すしかなかった。

小学四年生の終わりが近づいた頃、一人の数学者が俺を訪ねて来た。

言い値でカネを払うから、俺を養子にしたいらしい。

当時、『フェルマーの最終定理』を解き終えた俺は、『ミレニアム懸賞問題』に着手していた。『ミレニアム懸賞問題』とは、二〇〇〇年に発表された一〇〇万ドルの懸賞金がかけられた問題である。未解決の問題が六つあり、その全てに対して、俺はおおよその証明方法を確立しつつあった。

「キミの力は、もっと人類のために使った方がいい」

のちに俺の養父となる男は、そう言った。

俺の両親は一も二もなく承諾し、俺自身も彼の提案に同意した。

誰が親であろうと関係ない。力を見せつけ、支配するだけ。ならば、より利用できる人物の方が望ましい。

六つの『ミレニアム懸賞問題』は、まもなく解ける。

懸賞金の合計は約六億円。

それだけのカネが手に入れば、俺は自由だ。そして、それを実現するためには、俺の成果を数学界に提示する際、パイプ役となる人間が必要となる。……そんな理由で、俺は自分の親を選んだ。

彼はアメリカに研究所を持っていた。俺には、五年生に進級するタイミングでそこへ移り、彼の研究を手伝ってほしいらしい。俺は、自身の『ミレニアム懸賞問題』の論文を発表する際、可能な限り協力してもらうことを条件に彼の要求を呑《の》んだ。

世界は間違いなく、俺を中心に回っていた。

そのはず、だった。

それなのに、俺の心はどんどん虚《うつ》ろになっていった。


そして、あの日につながる。


渡米前。日本で過ごす、最後の十日間。

春休みに入った俺は、小学校で退学手続きを終えた後、地元で一番大きな図書館を訪れていた。そこに設置してあるパソコンから、海外の雑誌に掲載された論文を読むことができたのだ。

日本を遠く離れることになっても、なんの感慨も、感傷も湧かなかった。

ただ、失《な》くしたパズルのピースを探すような、ヒリつく焦燥感だけがあった。

目当ての論文をプリントアウトし、空いている座席を探し、さまよって……俺は、出会ったのだ。『運命の女の子』に。

その子は机にノートを広げ、春休みの宿題をしていた。

使っている教科書から同学年であることがわかる。しかも、数学……算数だ。

もはや、懐《なつ》かしさすら感じるような問題だった。保育園の頃、足し算を両手で数えていた感覚とでも言えば良いのか。今では、息をするよりも簡単に解ける問題群。そんなものを前にして難しそうな顔でうなっているその子が、俺には赤子のように見えた。

しかも、その子の容姿はかなり変わっている。

肌が異常に白いし、髪なんて銀色だ。長い前髪で隠しているが、隙間から覗《のぞ》く瞳は真っ赤だった。俺の感覚では『きれい』とか『かわいい』に分類される容姿だが、『みんなと違っていること』はそれだけで悪であり、弱者の証明だ。

きっと、八つ当たりだったのだと思う。

満たされているはずなのに、満たされない。この矛盾の苦しみ、渇いた空虚さを、誰かにぶつけて紛らわせたかったのだ。

「……そんなこともわからないのか」

侮蔑を込め、鼻で笑う。

喧嘩《けんか》を売っている自覚は十分にあった。

むしろ、自覚を持って喧嘩を売った。

久しぶりに他者を支配する快感を味わいたかった。目の前の少女を屈服させ、これ以上ないほど恥辱に染めて、己の優位性を示したかった。「俺はこんなにすごいんだぞ！」と世界に叫びたかった。

しかしその少女は、俺の方を振り向くときょとんとして……次に、にっこり微笑《ほほえ》んだ。

「べんきょう、おしえてくれるの？」

たぶん、俺の表情は凍りついたと思う。

意味がわからなかった。俺はお前に喧嘩を売ったのだ。俺はお前の敵なのだ。それなのに、どうしてそんな敵から勉強を教わるという発想になる？

「……お前、俺が怖くないのか」

「あなたこそ、わたしがこわくないの？」

「…………は？」

「だって、こんなだし……」

少女が少しだけ表情を暗くして、銀色の髪を撫《な》でる。

初めて目にした時も思ったが、俺は彼女の容姿を『きれい』や『かわいい』に分類していた。だから当然、怖いなんて思うはずがない。

しかし、その感想を口にするのは憚《はばか》られた。

というか、言えなかった。

当時、仄《ほの》かに異性を意識し始めた俺にとって、女の子に『かわいい』と言うことは、非常に恥ずかしいことだったのだ。

「……べつに、怖くない」

「ほんと?」

「……ああ。目だけなら、その……きれいだ」

「……きれい?」

「きれいって言っても、目だけだからな!? かわいいって意味じゃないからな!? 単純に、その目が、赤い宝石みたいだなって思っただけで――――!」

「……そうなんだ。よかった」

ほっとしたように、少女が口元を綻ばせる。

それだけで、俺は頬が熱くなるのを感じた。

「ねえ、ここにすわって。よかったら、おともだちになってくれると、うれしいな」

「ともだち……」

「うん。あ、アメあるよ。たべる?」

にこやかな彼女に手を引かれ、席に着く。

そんな風にして、俺と彼女の十日間が始まった。

……あとになって、思う。

俺が世界中の人間を『敵』だと思っていたのに対して、彼女は世界中の人間を『仲間』

だと思っていた。

　俺は他人が『自分を攻撃してくる』と思っていたが、彼女は他人が『自分を助けてくれる』と思っていた。

　俺は他者を『屈服させ、支配しなければならない』と思っていたが、彼女は他者を『大切にし、優しくしなければならない』と思っていた。

　そしておそらくは、俺と彼女の生きる世界は一つだった。

　たった十日間が、俺の十年間を塗り替えた。

　失くしたパズルのピースは、いつの間にか手のひらに収まっていた。

　空っぽだった心が、温かいもので満たされる。ずっと探していた『なにか』を、ようやく見つけられた気がした。

　彼女と過ごす最後の日。『再会の約束』をした時に、俺は誓ったのだ。

　俺も彼女のような『優しい人』になろうと。

　その時、ようやく俺は、世界と仲直りした。

◇

目が覚めると、当然のように学生寮の一室だった。

一瞬、見慣れない天井や寝具に戸惑ったものの、すぐに記憶が蘇《よみがえ》る。

覇王学園《はおうがくえん》に入学したこと。〈恋愛学〉なる授業が始まったこと。その一環として、異性と強制的に同棲《どうせい》生活を送ることになったこと。〈仮・特待生〉には同棲相手を指名できる権限があり、苦労の末に『運命の女の子』である春香《はるか》を指名したこと――

寝返りを打って隣を見ると、クリーム色のカーテンが引かれていた。

この薄布の向こうに、春香が……と考えると、朝から盛大に血圧が上がってくる。それと同時に覚醒した脳が「そういや、寝癖ついてない？」とか「顔にヨダレのあと、残ってない？」とか心配し始めたので、いそいそと洗面所へ向かう。

春香より先に起きれたことを、神様に感謝した。

だらしない寝起き姿を好きな子に見られずに済んだのだ。そう考えると、同棲もいいことばかりではないのかもしれない。

冷たい水で顔を洗うと、だいぶ意識がはっきりした。

ついでに、水と手櫛《てぐし》で髪形を整え、歯磨きをして、寝巻き代わりにしているジャージとTシャツをあちこち伸ばした。そのあとでベッドに戻り、寝具を整えてから俺の方のカーテンを開ける。

ファンタジア文庫の最新情報が満載！
ファンタジア FANTASIA チャンネル CHANNEL
2021 12
スパイたちの極秘な一面に迫る——
珠玉の短編集
第2弾！
注目新作1
この学園では、異性とイチャイチャしてもらいます。ただし——
好きな人がバレたら死ぬラブコメ
俺を好きじゃないはずの彼女が全力で惚れさせようとしてくる
著：玖城ナギ　イラスト：みすみ
スパイ教室 短編集 02
私を愛したスパイ先生
著：竹町　イラスト：トマリ
ファンタジア文庫
毎月20日発売！
公式HP https://fantasiabunko.jp/
〒102-8177 東京都千代田区富士見2-13-3

ドラゴンマガジン1月号

この学園では、異性とイチャイチャしてもらいます。
ただし――
新作!
好きな人がバレたら死ぬラブコメ
俺を好きじゃないはずの彼女が全力で惚れさせようとしてくる
著:玖城ナギ　イラスト:みすみ
好きな人がバレたら退学、一位になれば好きな人と付き合える〈恋愛学〉を取り入れた覇王学園に入学した青山夏海。お互い好きな人が別にいると勘違いして、初恋の相手、桜雨春香と一位を競い合うことになり!?

訳ありクーデレ美女とのぶらり旅ラブコメ!
新作!
美少女とぶらり旅
著:青季ふゆ　イラスト:いちかわはる
「死ぬくらいなら俺といっしょに旅に出よう」日常に嫌気が差した翔は、駅で会った同級生の七瀬を連れ出し、旅に出る。熱海、浜松、富士山。様々な人や景色との出会いの中、七瀬の心にも変化が訪れ――。

ベッドの仕切り用カーテンはそれぞれについているため、俺の方を開いても、春香の姿は見えない。ちょっとだけ、覗いてみたいという衝動にも駆られたが……どう考えても、教員が飛んでくる予感しかしない。

〈学生証〉で監視されているのはもちろんだが、ベッドのカーテンにもそれぞれ、センサーらしきものが取り付けられていた。きっと『男子が女子の寝込みを襲う』なんて不埒《ふらち》な真似《まね》ができないよう、厳戒態勢が敷かれているのだろう。

〈となれば、考えることはただ一つ。〈恋愛学〉の点数稼ぎ。要するに、女子の胸キュンポイントを集めればいいんだろ？〉

俺の目が、自然とキッチンの方を向いた。

今日は土曜日。疲れている女子は、ゆっくり朝寝を楽しみたいと思うだろう。そうしてたっぷり寝て起きた時、美味《おい》しい朝食が用意されていたら嬉《うれ》しいのではないか？

一時期『イクメン』などという言葉も流行《はや》ったが、近年は子育てや家事にも協力するタイプの男が人気らしい。ここはルームサービスではなく、あえて青山夏海の特製モーニングを製作する！

「だが俺は、料理ができん！」

調理場に立ったシェフが堂々と言い放った。

ていうか、俺だった。

冷凍食品をチンしたり、カップラーメンにお湯を注いだりはできるのだが……俺の料理スキルはその程度だ。鍋やフライパンの扱いすら怪しい。

一応、冷蔵庫を開けてみたが、ルームサービスの充実した学生寮には過剰と思えるほどの食材が詰められていた。比喩ではなく、なんでも作れそうだ。

「これ……使わなかったから廃棄、なんてことにはならないよな……？　今のご時世、食材ロスは大きな社会問題……」

「……ふわ～あ。おはよー……」

「のわぁっ⁉」

背後から声が聞こえて、文字通り飛び上がる。

いつの間にか、春香がすぐそばに立っていた。

「いい朝ねー。朝ごはん作るのー？」

「あ、ああ……。そうしようかと、思っていた、ところで……」

不意打ちで寝起きの春香が視界に飛び込んできたため、しどろもどろになる。

今日も春香は、とてもきれいだ。

全く寝癖のついていない艶やかな銀髪に、シワのないパジャマ。頬が僅かに桜色に染まっていて、シャンプーや石けんのいい香りが――

「……………春香さん？」

「な、なに？」

俺がジトーっとした目を向けると、途端に春香が挙動不審になった。

好きな子の寝起き姿が見れるなんて！と眼福に浸る俺だったが、それにしては春香の身なりがきれいすぎる。髪の寝癖はともかく、パジャマにすらシワがないのはさすがに不自然だ。……というか、そのパジャマも昨夜見たものと柄が違うような……。

いくら俺が朝食作りに夢中だったとはいえ、春香が起きて洗顔やシャワーをすれば気づいたはず。つまり、ここから導き出される結論は――

「……もしかして、俺より早く起きていらっしゃいました？」

「な、なんのことかしら？」

「それで『寝起き姿の女子』を俺に見せ、点数を稼ぐ作戦だった？」

「ふしゅー。ふしゅー。（鳴らない口笛）」

「……ちょっとバスルームへ物証を調べに――」

「ぎゃあーっ！　やめてぇーっ‼　女子が使った後のバスルームを漁《あさ》るって、許されざる所業よ⁉　ごめん！　ごめんってばーっ‼」

ちょっといい雰囲気になっても、やはり首席。

今日も春香は、点数稼ぎに余念がないようだ。


先ほどのお詫《わ》びということで、朝食は春香が作ってくれた。

冷静に考えれば、〈恋愛学〉の点数を得るためにあれこれするのは当然なのだが——不意打ちを狙ったという辺りに、春香なりの罪悪感があったらしい。

俺としては、また春香の手料理が食べられるのだから、ありがたい限りだ。

「はい、どうぞー。時間ないから簡単なものばかりになっちゃったけどー」

「いや、全然大丈夫。俺なんて、レンジでチンするかお湯を注ぐしかできないから」

「男の子ねー」

朗らかに笑いながら、春香が料理を並べていく。

トースト、目玉焼き、サラダ、コーヒー。俺からすれば十分なご馳走《ちそう》だ。

二人揃《そろ》って席に着き、「いただきます」と手を合わせたところで、テーブルに置いていた俺のスマホが震えた。

とっさに「あ、ごめん」と謝罪し、ポケットに仕舞おうとしたのだが……ロック画面に概要が表示され、その内容に目を見張った。八矢《はちや》からのLINEで『好きバレで退学者が出たらしいっス』と書いてあったのだ。

俺は春香に断りを入れてから、八矢のLINEに返信する。

『好きバレって、好きな人がバレて退学になった、ってことか？』

『そうっス。面倒なんで、そう略したっス』

『マジかよ……。まだ入学して三日目だろ』

『しかも、一気に三人も出たらしいっス。学内のローカルコミュニティに詳細上がってたんで、送るっス』

八矢から送られてきたリンクに飛ぶと、退学となった三名の学籍情報が表示された。

そのうちの一人は、なんと『中学時代に女を一〇〇人食った』と豪語していた渡世《わたらせ》である。色々と問題のありそうな奴《やつ》だが、かと言って、こんなにあっさりと退学になるほど間抜けとも思えない。

他の二人は、大人しそうな生徒だった。

一人は俺と同じクラスで、もう一人は別クラス。

どちらもそんなに印象は強くはないが、いずれにせよ、たった三日で三名も退学者が出たのは事件だ。しかもその一人が渡世だというのだから、なんとなく、陰謀めいたものを感じてしまう。

「……好きな人がバレて、退学者が出たらしい。それも、三人も」

「ええっ⁉　もう⁉」

春香がびっくりしたように声を上げる。

やはり、こんなに早く退学者が出るなど、誰も予想していないのだろう。

八矢へ向けてお礼のスタンプを送りながら、俺は改めて気を引き締めた。

現状、俺は自分の『好きな人』である春香と同棲できて、幸せでいる。

しかし同時に、これは極めてリスキーな状況とも考えられた。いくら〈仮・特待生〉同士で点数効率がいいと言い訳しても、長期的に同棲を続ければ、どちらかが、どちらかを好きなのでは？と疑う人間が出てくるのは自然だろう。

加えて、今のところ、俺は春香と最も多く〈恋愛学〉の課題に取り組んでいる。

しかもその結果、俺と春香が〈恋愛学〉の学年トップをひた走っているのだ。

同棲相手の指名だけでなく、課題の相手すらも固定。しかも〈恋愛学〉の点数をたくさん提供しているとなれば、俺の『好きな人』は春香だと、大声で宣伝して回っているようなものだ。

今後は春香以外とも、〈恋愛学〉に取り組むべきかもしれない。

いくら点数を得て学年一位に近づこうとも、『好きな人』がバレて退学処分になってしまえば元も子もないのだ。

週明け――いや、できれば今日にでも、早急に八矢あたりを〈恋愛学〉に誘うべきかもしれないな……と考えていると、来客を告げるチャイムが鳴った。

「この部屋にチャイムなんてあったのね。だれかしら……？」

先に食事を終えていた春香が席を立ち、ドアへ歩いていく。

てっきり、学園の教師が事務連絡に来たのかと油断していた俺は、外から聞こえてきた声音にコーヒーを吹き出しそうになった。

「おはようございます。青山さんは、いらっしゃいまして？」

その独特な口調と落ち着いた声で、すぐに来訪者が知れる。

平静さを取り戻すためにグラスの水を呷《あお》っていると……案の定、妙に着飾った格好の冬《とう》坂《さか》が顔を出した。

「おはようございます、青山さん。ご機嫌いかがかしら？」

「お、おはよう、冬坂。おかげさまで、今日も元気だ」

「それはよかったですわ」

彫刻のように美しい微笑《ほほえ》みを振りまいた後、つい、と視線だけで部屋を見渡す。

春香はなぜか、冬坂の後ろで苛立《いらだ》たしそうな雰囲気を醸《かも》し出していた。当然、冬坂の立ち位置からは春香の表情など見えないはずだが……彼女はまるで背中に目がついているかのように、春香へ向けて言い放った。

「そんなに怒らないでくださいまし。お二人の愛の巣を汚《けが》すつもりはありませんわ」

「…………愛のっ⁉」

「巣っ⁉」

春香と俺は、揃って素っ頓狂な声を上げてしまう。

お、落ち着け、俺！

ただでさえ、三人も退学者が出たんだ。変なカマに引っかかってボロを出せば、一瞬で春香が好きだとバレてしまうぞ‼

取り繕う俺と春香を横目に見つつ、冬坂がふっと力を抜いた。

次いで、俺の方へ真《ま》っ直《す》ぐ向き直る。

「単刀直入に申し上げますわ。……青山さん。わたくしと、デートしてくださいませんこと？」

「……でっ、デートっ⁉」

予想外の発言に俺はイスから転がり落ちそうになった。

春香もビクリ！と肩を跳ね上げ、大層驚いている。

「ちょっ、ちょっと待ってくれ！　なんで急に⁉」

「本日は休日ですので、素敵な殿方とお出かけしたいのですわ」

「いやいや！　それなら、俺なんかよりもっといい男が――」

「〈仮・特待生〉は青山さんだけではありませんか」

「あ、ああ。〈恋愛学〉の点数が欲しいのか？　それでも――」

「もちろん、それだけが理由ではありませんの」

そこで冬坂は、言葉を区切った。

独り言を……あるいは、後ろの春香になにかを諭すように、ボソリと呟《つぶや》く。「時には、素直になることも必要でしてよ」……そんな風に言った気がした。

「殿方である青山さんから誘って頂きたく、ずっと黙っていたのですが……わたくし、青山さんのことをお慕い申し上げておりますの」

「え……。…………ええっ⁉」

ちょっと待って⁉　今、冬坂なんて言った⁉

俺のことを慕っているって……つまり『好き』ってこと⁉

混乱する俺の目の前では、春香が石化の呪文をかけられたようにカキン！と固まっていた。気持ちはわかる。誰だって他人の告白現場に遭遇したら、そんな反応になるだろう。

冬坂は俺から目をそらし、髪の毛の先をくるくると弄んだ。

恥じらうような仕草が妙にいじらしい。

「もちろん……『好き』までは、まだ行ってないと思いますの。ええ、『まだ』。ですが、わたくしが青山さんに、ある程度の好意を持っているのは事実ですわ。ですから、わたくしとデートして頂ければ……きっと、青山さんには〈恋愛学〉の点数がたくさん入ると思いますの」

頬を朱に染め、はにかみながら告げてくる。

あれ……？　冬坂って、こんなにかわいかったっけ……？

妙な胸の高鳴りを感じていると、ここまで事の成り行きを見守っていた春香が、俺と冬坂の間に割って入った。

「……あっ、あのっ！　青山は！　今日、わたしとデートする予定でっ……！」

焦《あせ》ったように赤い顔でまくし立てる。

俺は胸を撃ち抜かれた。なんてかわいいことを言うのだろう。

もちろん、俺と春香はそんな約束などしていない。

でも、もしかしたら……春香は最初から、そのつもりだったのかもしれない。

俺の『好きな人』が、俺とデートしたいと言っている。それだけで、俺は天にも昇る心地になった。

……決めた。春香とデートする。

その結果、俺の『好きな人』がバレて退学になっても、それはそれでいいのではないか。

こんなにかわいい春香とデートできるなら、俺はもう、死んでしまっても構わない……。

俺がそんな自殺願望に浸っていると、冬坂はきょとんとして首を傾《かし》げた。

「もしかして……桜雨《さくらめ》さんは、青山さんのことがお好きですの？」

「……うっ、うえぇっ⁉」

春香の全身が真っ赤に染まる。

顔どころか、手足すら真っ赤だ。

「青山さんのことが好きだから、同棲《どうせい》相手に指名して、〈恋愛学〉の課題によく誘っていらっしゃいますの？　青山さんを愛しているから、わたくしが青山さんとデートすることに嫉妬していらっしゃいますの？　だから、妨害しようと躍起になっていますの？」

「えぅ……⁉　ち、違っ……⁉」

春香がしどろもどろになる。

その後ろで、俺はドキドキしながら続く言葉を待っていた。

春香に俺以外の『好きな人』がいることは、わかっている。だけど……この二日間を一緒に過ごして、多少なりとも仲良くなれたと感じていた。

それが、どの程度なのか。

『好きな人』の次点……とまでは行かなくとも、『友達以上、恋人未満』くらいの位置だと嬉《うれ》しい。少なくとも、『〈恋愛学〉の点数を得る上で役に立つから、他の女子に渡したくない』くらいには思っていてほしい。

……のだが。

「べっ、べつに青山のことなんて、好きじゃないわよっ！　〈仮・特待生〉で〈恋愛学〉の点数がたくさんもらえるから、一緒にいるだけ！　他の子とデートしようが、わたしには関係ないわっ‼」

「…………」

俺、泣きそうなんですけど。

いや、わかってた……。わかってたけどね……。

がっくり落ち込んだ俺とは裏腹に、冬坂は唇だけで薄《う》っすらと笑う。

「そうですか。それは安心しましたわ。恋のライバルは、少ない方がいいですもの」

「…………っ⁉」

「桜雨さんは、とってもお優しい方《かた》だと思いますの。ですから、お願いしますわ。今日一日、わたくしが青山さんとデートするのをお許し頂けませんか？」

「そ、それはっ……！」

「もちろん、今日だけで構いませんわ。〈仮・特待生〉として青山さんを指名している桜雨さんには、青山さんと優先的に過ごす権利がありますもの。ですから、今日一日だけで十分ですの。それに、わたくしが青山さんに好意を持っている以上、青山さんにはたくさん点数が入りますわ。青山さんにとっても、悪い話ではないと思いますの」

「で、でもっ……！」

「お願いします、桜雨さん！　どうか、わたくしの恋を応援してくださいまし！」

冬坂がうっすらと涙を滲《にじ》ませながら、春香の手を握った。

……どうでもいいけど、俺、いるんですけど。

本人を目の前にして、愛だの恋だの好意だのと話をするのはやめてほしい。

俺の方が恥ずかしくて死にそうだぞ……。

最後までなにかを言い淀《よど》んでいた春香だったが、最終的には「わかったわよ……」と承諾した。そして、こうなってしまうと、今さら俺が冬坂の誘いを断れる雰囲気でもなく、俺は今日一日、冬坂とデートすることが決まってしまった。

まあ、退学者の一件で春香以外とも〈恋愛学〉をすべきだと思っていたところだ。

前向きに考えるとしよう……。

◇

冬坂とのデートは、お昼過ぎに駅前で待ち合わせとなった。

そこから近くの繁華街へ移動し、ショッピングなどを楽しむ計画らしい。

「美女には、色々と準備する時間が必要ですの」などと宣《のたま》う冬坂に合わせ、待ち合わせを遅めに設定したのはいいのだが……俺の方は、まったくと言っていいほど準備することがなかった。

むしろ、準備したくてもできないのである。

中学時代、俺は部活とバイトに明け暮れていた。

そこで必要となるのは、制服とジャージとスパイクくらいのものだったのだ。当然ながら、女の子とデートするための洋服なんて持ってない。

なんなら、服を買いに行くための服すら持っていない状況だった。

さすがにジャージでデートに臨むのはＮＧだと理解していたので、消去法で制服を着て行くことにした。

いざとなれば、〈学生証〉に入っている『校則』のデータを見せるつもりだ。

『覇王学園の生徒は、休日に外出する際も制服を着用することが望ましい』

そう書いてあるのだ。文句はあるまい。

……いや、実際のところ、デートに制服はナシではないかと気づいていたのだが……それはそれで構わなかった。

冬坂が呆《あき》れるようなら、早々にデートを切り上げよう。

そうすれば、その分だけ俺は早く帰れるのだ。春香の待つ、あの部屋へ。

「お待たせしましたわ」

待ち合わせ場所で待つこと数分。横合いから弦楽器のように美しい声がかかった。

スマホをいじっていた顔を上げると——いつも以上に気合を入れた様子の冬坂が立っている。

トレードマークのストロベリーブロンドは丁寧にセットされ、美しいウェーブを描いている。肌触りの良さそうなニットに、小さな花柄の入ったスカート。上から羽織ったスプリングコートは上品で、彼女の雰囲気によく合っていた。そして足元は、ヒールの高いブーツ。

「……青山さん。こういう時は、嘘《うそ》でも女性を褒めるものでしてよ」

「あ、ああ。ごめん。似合ってるよ。ほんとに」

「ありがとうございます。お世辞でも嬉しいですわ」

慌てる俺とは対照的に、余裕綽々《よゆうしゃくしゃく》な態度の冬坂。

もちろん、お世辞ではなく本心からの言葉だったが……この会話の流れでは、なにを言っても意味を成すまい。俺は仕方なく、口をつぐんだ。

そういえば、これが俺の人生で初めてのデートなのだ。

できれば、初めてのデート相手も春香がよかったな……と思うが、一方で、今の俺ではまともなエスコートができるとは思えない。

そういう意味では、場慣れしていそうな冬坂が相手でよかったかもしれない――と、無理矢理に自分を納得させかけて、ふと気づいた。

(……待てよ？　そもそも、デートとはなんだ？)

辞書を引くことはできなかったが、おおよその意味は見当がついた。

正確な定義は不明だが、広義では、男女が二人きりで過ごす時点でデートだろう。

ならば、五年前、俺が春香に勉強を教えていたあれは『図書館デート』と呼ぶこともできるのではないだろうか？

いや、あれは完全に『図書館デート』だった。

（つまり……俺はすでに、春香と『初デート』を済ませていたということか！）

そんなことを考えて一人で納得していると、冬坂は口元に手をやりながら、俺の服装をまじまじと観察してきた。

「青山さんは……制服ですのね」

「あー……ごめん。俺、中学時代は部活とバイトばかりしてたから、まともな私服を持ってないいんだ」

「部活とバイト……？　てっきり、数学の『懸賞金問題』にでも挑んでいらっしゃったのかと思いましたわ」

「あー……。ははは……」

笑って誤魔化すしかない。

やはり冬坂は、俺の過去を知っているらしい。

『神童』なんて恥ずかしい呼び名で呼ばれ、数学廃人だったあの頃を。

残念ながら、当時の学力は、今の俺にはない。もし彼女が俺の『数学』になにかを期待するなら、早々に失望させてしまいそうだな……と考えていると、すっと身を寄せた冬坂が当たり前のように腕を組んできた。

「とっ……冬坂っ⁉」

「あら。デートですもの。これくらいは良いではありませんか」

冬坂のきれいな顔が、間近に迫る。

見目麗《みめうるわ》しいストロベリーブロンドの間……うなじの辺りから、仄《ほの》かに柑橘《かんきつ》系の香りがした。おそらく、香水の類だろう。俺は基本的に香水の匂いが苦手なのだが……冬坂がつけている香りは非常に魅力的だった。香り自体が良いというのもあるが、きっと冬坂のつけ方が上手なのだろう。

妙な胸の高鳴りを感じて、反射的に顔を背ける。

それで気づいた。周囲にいる人たちが、みんな冬坂に注目していることに。

男性はもちろん、女性も羨望《せんぼう》の眼差《まなざ》しを向けている。

酷《ひど》いケースでは、デート中らしい彼氏さんが冬坂に目を奪われ、彼女さんに耳を引っ張られていた。……それくらい、冬坂には華があるのだ。

しかし、こんなに密着されては堪《たま》ったものじゃない。

俺と冬坂の物理的距離は、ほぼゼロセンチメートル。こんなに引っ付かれて腕を組めば、俺の肘に冬坂の胸が……！　……胸、が……？

「………」

「……今、『どうして胸が当たらないのか？』と思われましたわね？」

「えっ⁉　いや、そんなこと──⁉」

「ふ、ふふふ。いいのですわ。如何《いか》に美女のわたくしと言えど、所詮はまだ十五歳。身体《からだ》の方の発育は、まだまだ発展途上ですの。特に女性的な膨らみは、今後、大幅に増量予定ですわ」

　どうやら、その話題は冬坂にとって地雷だったらしい。

　最終兵器・八矢は例外中の例外として、春香もどちらかと言えば『ある』方だった気がする。……あんまり見てないから、正確なところはわからないけど。

　そう考えると、むしろ冬坂のサイズ感の方が一般的と言える気も──

「…………」

「……今、『ブーツで誤魔化してるけど、意外と身長も低いんじゃないか？』と思われましたわね？」

「エスパー⁉　冬坂って、エスパーなの⁉」

「ふ、ふふふ。構いませんわ。わたくしは決して、自分の身体にコンプレックスを持っていたりはしませんの。ええ、決して。ただ、わたくしは殿方の願望を叶《かな》えるため、あえてブーツを履いているのですわ。今なら青山さんも、特別サービスで踏んで差し上げましてよ？」

発言内容はいつも通りだが、その口調にキレはなかった。

背が低いと言っても八矢ほどではないし、ヒールのある靴を履けば春香と同じくらいに見える。手足もスラっとしていて長いので、スレンダー美人として十分に需要がありそうだが……今の冬坂には、なにを言っても響くまい。

急に暗い顔をし始めた冬坂に妙な親近感を感じつつ、俺たちはデートに繰り出した。

…………ところで。

先ほど周囲を見回した際に気づいたのだが、すぐ近くの建物の陰に、非常に怪しい人影があった。

その人物は、明らかにオーバーサイズと思われる黒のダウンジャケットを着ていて、顔にはマスクとサングラスをしている。しかし、そのサングラスは銀色の前髪でほぼ覆われているし、なんなら、日光に弱いことを白状するかのように、漆黒の日傘をしっかりと握りしめていた。

なにやってんすか、春香さん……。

冬坂とのデートで、最初の目的地はアパレルショップに決まった。

俺の制服姿をしきりに気にしていた冬坂が「ひとまず、青山さんの私服を購入しましょう」と提案してきたのだ。

それはよかった。

今後も休日に外出することはあるだろうし、一着くらいまともなデート衣装を持っていた方が、なにかと便利だ。おまけに冬坂が一緒に選んでくれるのだから、センスゼロのダサい服を摑《つか》まされることもないだろう。

問題は、冬坂が当たり前のようにハイブランドのお店に入ろうとしたことだ。

俺はファッション関係に疎《うと》いので「冬坂が選ぶ店なら間違いないだろう」と高をくくっていたのだが、入り口付近にディスプレイされた商品が数十万円と書かれているのを発見し、慌ててストップをかけた。

危ない……。マネキンの値札に目をやった自分を褒めてやりたい。

いくら中学時代をバイトに捧《ささ》げた俺でも、そんな店は無理だ。

しかも、おそらくは数あるブランド店の中でも、トップに君臨するようなお店だったと思う。ショーケースに展示された女性もののコートは、七桁を超える金額だった……。

そんなわけで、俺は冬坂を引っ張り、庶民の味方たるユニクロを訪れていた。

ファッションに疎い俺でも、ユニクロは知っている。

以前、モテに全力をかける水城《みずしろ》が「ユニクロは安いし、値段の割にクオリティ高いからいいよー」と言っていた。水城のお墨付きもあるなら、間違いない。

おそらく、冬坂はユニクロを訪れるのが初めてだったのだろう。

物珍しそうに店内をキョロキョロしながら、俺の洋服を一式、見繕ってくれた。

「ご心配なさらずとも、あちらのお店でも代金は出して差し上げましたのに。わたくしが誘ったデートなのですから」

「薄々気づいてたけど……冬坂の家って、お金持ちなの？」

「おそらくは、そうですわね。冬坂財閥・現当主の一人娘ですし」

「冬坂財閥……？　なんか、名前は聞いたことあるような……」

「色々やっておりますが、強いのは金融とインフラ関係ですわ。『冬坂銀行』などが、そうですの」

「…………………」

銀行の名前を出されて、ようやく理解した。

それ、めっちゃ有名なところじゃん。

確か、日本の四大財閥に数えられるとか、なんとか。そんなところの娘さんとデートって、俺、殺されるんじゃないかしら……？

急にいやな汗が噴き出してきた俺をよそに、冬坂が会計を済ませる。

俺が出すと言ったのだが、冬坂はプレゼントしたいと言って聞かなかったのだ。代わりに、このあと俺も冬坂に洋服をプレゼントするということで手打ちとなった。

試着室で一通り着替えを済ませて戻ると、俺の姿を見た冬坂が感心したように息を漏らす。

「……よくお似合いですわ。やはり、殿方はジャケットですわね」

「ありがとう、冬坂。こんな服初めて着たけど、なんかオシャレになったみたいで気分いいよ」

「ふふっ。それはよかったですわ。……さて。今度は、わたくしの番ですわね」

「お、お手柔らかに……。その、金額的な意味で……」

引きつった愛想笑《あいそわら》いを浮かべるしかない。

バイト代は基本的に貯金しているが、冬坂の前では一瞬で消し飛びかねない。

ビクビクする俺が面白かったのか、冬坂は口元に手を当てて笑った。そして、再び俺の腕を引いて歩き出す。どうやら、この建物の中に目当ての店があるらしい。

そうして案内されたのは、別の意味で俺を躊躇《ちゅうちょ》させる店だった。

「……とっ、冬坂。ここって……」

「ええ。ランジェリーショップですの」

ランジェリー。

つまり、女性用の下着。

店内には所狭しとカラフルな下着が並んでおり、店頭にも堂々とおすすめ品がディスプレイされていた。……はっきり言って、目のやり場に困る。そんなことはないはずだが、見ているだけで警察を呼ばれそうな気がしてきた。

「ほら、青山さん。見てくださいまし。上下セットでも、先ほどの洋服代と同じくらいですわ。これなら、青山さんも安心ではありませんこと？」

「おわぁっ⁉　ととと、冬坂！　そんな、こっち近づけないで——⁉」

冬坂が手近な商品を手に取り、俺の顔に近づけてくる。

真っ赤な色が夜の情事を連想させる下着。しかも、色んなところがスケスケだ。

「先ほどはわたくしが青山さんの服を選んだのですから、今度は青山さんがわたくしの服を選んでくださいまし」

「うええっ⁉」

「さあ、どれがお好みですの？」

あたふたする俺をよそに、冬坂は澄まし顔で商品を選んでいく。

手近な下着を手に取り、堂々と自分の胸に当てて見せた。

花柄のレースが妖艶《ようえん》な黒。冬坂の白い肌とのコントラストが眩《まぶ》しそうだ。

「こういったものも、殿方に人気と聞きます」

黒とは対照的に、透け感の少ない白。

清楚《せいそ》な雰囲気が冬坂の華やかなイメージとギャップを生み、男の欲望をかき立てる。

「こういったものは……少し幼いでしょうか?」

リボンがあしらわれたミントグリーン。

大人っぽい雰囲気の冬坂に年相応の少女らしさがプラスされ、絶妙なバランスの極上美少女が降臨する。

「あるいは……やはり、このくらい大胆で、も……」

色は赤だが、最初のとは別の品を手に取った冬坂が頬を染める。

それはもはや、下着というよりヒモと呼んだ方がよさそうな品物だった。

冬坂の局部をかろうじて覆い隠す、細いヒモ。

真っ白なシーツに寝そべった冬坂が「ここを……引っ張ってくださいまし……」と甘えた声で囁《ささや》いて——

俺は俺を殴った。物理で。顔面を正面から拳でいった。

……危ない。なんてものを想像してるんだ、俺は。

すっかり忘れかけていたが、相変わらず視界の隅ではサングラスとマスクを着用した銀髪少女がこちらを見ている。下手に醜態を晒《さら》せば同棲《どうせい》解除だぞ、と自分を戒めた。

ちなみに冬坂は、俺の突然の自傷行為に驚き、目をぱちくりとさせている。

「すまない、冬坂。ちょっと余計なことを考えちまって……」

「……それは、大変興味深いですわ。青山さんはいったい、わたくしのなにを、ご想像なさったのかしら……？」

妖艶に微笑《ほほえ》む冬坂がそっと手を伸ばし、俺の胸元に触れてくる。

美しい指先。

それが俺の身体を撫《な》でる度、ぞくぞくとした甘い電流が流れた。

「青山さんが望まれるのでしたら……その、よろしいのですわよ……？」

「よ、よろしいって……な、なにが？」

「ですから…………」

冬坂が上目遣いにこちらを見つめてくる。

その瞳が情欲に濡《ぬ》れていた。ごくり、と自然に喉が鳴る。

冬坂に対してあれほど抱いていた苦手意識は、いつの間にか消えていた。

そのまま、俺の中でなにかが切れようとした時——ポケットのスマホが振動した。

その刺激に驚いて反射的に取り出すと、画面にＬＩＮＥで『ハルカ』から着信が入っていると表示されている。

どうして——と振り返るが、先ほどの場所に銀髪少女の姿がない。

とっさに、悪い予感がいくつも駆け巡った。

——まさか、変な男に絡《から》まれて危ない状況なんじゃないか？

——日光にやられて、体調に異変が？

——あるいは、なにかの事故に巻き込まれて——

「……悪い、冬坂。マナー違反は重々承知だが、電話に出させてもらえないか」

「…………ええ。構いませんわ」

「悪い」

繰り返し謝罪して、受話ボタンをタップした。

念のため店を出て、階段の踊り場へ移動する。

『もっ、もしもし、青山？』

「春香か⁉　どうした⁉　なにかあったのか⁉」

『ご、ごめんね。デート中に。その……』

「ああ‼」

『えっと……』

「おう！」

『だから……』

「…………？」

なんだ……？　妙に話が進まない。

〈恋愛学〉の関係で恥ずかしがるところは何度も見てきたが、こんな風に言い澱《よど》むのは初めてな気がする。

ひとまず、春香の身に危険が迫っているわけではないようだが……。

『……そ、そうだ。晩ごはん、どうしようかと思って……』

「……は？」

『あっ。ごっ、ごめん。晩ごはんを作ろうと思ってて、青山の分を、その……』

どうやら春香は、俺がデートの邪魔をされて怒っていると勘違いしたらしい。

さっきの俺の反応は予想外の話題だから出たもので、怒りよりむしろ、戸惑いや安堵《あんど》の意味合いが近い。『あっ、あのっ……』とか『だからっ……』とか繰り返す春香に、俺はへなへなと脱力してその場に座り込んだ。

「……怒ってないから、大丈夫だ。夕食はどうなるかわからないから、春香の分だけ作って、先に済ませておいてくれ。そんなに遅くならないよう帰るよ」

『う、うん。わかった。その……待ってるからね』

それだけ言って、通話が切られた。

よくわからない内容の電話だったが、春香は無事らしい。それがわかっただけでも、一安心だ。

ほっとして、先ほどの店に戻る。

一度ブレイクを挟んだためか、冬坂との間に流れていた妙に艶っぽい雰囲気も落ち着いたように思う。……のだが。

「つーん」

わかりやすく、冬坂がむくれていた。

頬を膨らませながらそっぽを向き、腕を組んでいる。

あからさまな不機嫌アピールだ。

「つーん、て。……いや、悪かったよ。急な電話だったから、緊急事態かと思ったんだ。決して、冬坂をないがしろにするつもりはなく……そ、そうだ。冬坂には、これとか似合うんじゃないかな？」

　苦し紛れに、手近にあった商品を差し出す。

　可愛《かわい》らしいピンク色の下着だった。冬坂には少々地味かもしれないが、これくらい控えめな方がむしろ、彼女の魅力を引き出せるような気もする。……というか、ぶっちゃけ冬坂なら、どんな下着でも着こなしそうだ。

　俺が露骨に話題を変えたため、冬坂は引き続きむくれていたが……差し出された下着をチラリと見ると、仕方なさそうに嘆息した。

「……はい。青山さんが、そうおっしゃるのでしたら」

「ありがとう。そう言ってもらえて、ほっとしたよ」

　俺が選んだ商品を許してくれたことと、俺の行為を許してくれたこと。

　二重の意味を込めて、お礼を言った。

「では、お会計をお願いしますね、青山さん」

「…………ん？」

　冬坂に向けて差し出していた商品を、そのまま押し返される。

　もしかして……俺、今からこれを買いに行くの？

「わたくしは、お店の外で待っていますわ」

「……ああ、そうですわね。青山さんはわたくしが買った服に着替えてくださったのに、わたくしだけそのままというのは、フェアではありませんの。それでは、わたくしは試着室で待たせて頂きますわ。すぐに着替えられるよう、準備して、、、お待ちしておりますの」

「いや、ちょっ————」

「…………」

いつも通り上品な微笑みを浮かべる冬坂だったが、今回は少しばかり、その微笑みの中にイタズラっぽさが感じられた。

……女の子に恥をかかせたのだ。これくらいは、仕方あるまい。

試着室へ向かう冬坂を見送った後、俺はビクビクしながらレジを目指した。

◇

男一人で女性用の下着を買うという試練を乗り越えた俺は、その後、冬坂の誘いでクラシック音楽の鑑賞会に出席する羽目になった。

もう、何から何まで意味がわからない。

頭の中は真っ白だ。

幸い、ユニクロで冬坂が選んでくれた服が黒を基調としたキレイめファッションだったため、会場でも服装で浮くことは避けられた。……が、他の出席者と「やはりモーツァルトはいいですわね」と談笑する冬坂の隣で、俺は曖昧な笑みを貼り付けるしかない。ただ座っているだけなのに、身体《からだ》中のあちこちが痛くなった。

これが『ただ勉強ができるだけの人間』と『真に教養のある人間』の差か……などと達観しつつ、どうにか二時間弱をやり過ごした。

「なかなか、美味ですわ」

生クリームが山のようにトッピングされたパンケーキを頬張りながら、冬坂がとろけるように表情を崩す。今日一番の笑顔かもしれない。

鑑賞会終了後、冬坂が「気になっていたお店がありますの」と言うので、例によって腕を引っ張られながら、このお店に入った。どうやら、インパクト抜群なパンケーキが売りのスイーツ店らしい。

普段は甘いものなんてほとんど食べない俺だが、今日だけは違った。

冬坂に負けじとチーズケーキを注文し、コーヒーにも砂糖をたっぷり入れて胃の中に流し込む。

ああ……八矢、お前の言ったことは本当だった……。

甘いものは、確かに麻薬だ……。

「……少々、席を外しますわ」

脳みそにブドウ糖をぶち込んでいると、冬坂が紙袋を持って席を立った。

どこへ行くのかな……と目で追うと、店内の奥にある通路を曲がっていく。

（……ああ。お花を摘みに、ね）

見なかったフリをしつつ、食事を再開する。

こういうのも、男側が上手《うま》くエスコートした方がいいのかもしれない。

具体的には、俺の方から「お手洗いに行きたい」と言うとか。

女の子の方からそういったことを言い出すのは恥ずかしいと感じる女子も多いだろうし、今後、春香とデートする時のためにも、何かしら対策を——……と考えていると、正面の席に誰かが座った。

「…………？　えっと、」

「はい」

「その……俺、連れがいて……」

「そうなのですか」

「…………」

なんだ⁉　なにが起こっている⁉

もしかして、逆ナンパ⁉

当たり前のように俺の正面……冬坂が座っていた席に腰を下ろしたのは、清楚《せいそ》な雰囲気を漂わせる、とてもかわいい女の子だった。

きっと、男子の大半が一瞬で恋に落ちてしまうほどのかわいさ。

顔立ちはすごく整っているのに、妙な親しみやすさを感じさせる空気がある。奥手な男子でも、安心して好きになることができるだろう。

俺が余裕を失い、どう対処すべきかと慌てていると、目の前の女の子がイタズラっぽい笑みを浮かべた。

「もしかして、お連れの方《かた》はカノジョさんですか？」

「い、いや、彼女ではないが……」

「じゃあ、その方のことがお好きなんですね？」

「そ、そういうわけでも……」

「それじゃあ……わたくしのことは？」

まっすぐな目でこちらを見ながら、小首を傾《かし》げる。

胸を撃ち抜かれた気がした。まるで、恋の軍事兵器だ。

漠然と妄想していた『理想の女の子』が、突如として目の前に現れたかのような衝撃。

……いや、違う。落ち着け、青山夏海。俺にとっての理想像は桜雨春香。俺が求めているのは幻影ではなく『運命の女の子』だ。

それに、もしこんなところを戻ってきた冬坂に見られたら——

……ん？　『わたくし』？

「もしかして……冬坂、なのか……？」

「……やっと気づかれましたのね」

あきれたようにため息をつく。

しかし、テーブルに残ったままのパンケーキを頬張ると、また幸せそうに微笑《ほほえ》んだ。

「どんな風に褒めてくださるかと楽しみにしておりましたのに、全く気づいてくださらないのですから」

「……ご、ごめん。でも……」

デート相手を見間違うなど、大失態もいいところだ。

しかし、現在の冬坂の姿を見れば、俺に情状酌量の余地があることは明らかだろう。なにせ、彼女の服装が全くの別物に替わっているのだ。

いや、服装だけではない。

注意深く観察すると、靴も、アクセサリーも、髪形も、髪色も、メイクすらも変わっている。それも、俺好みに。この上、話し方や雰囲気まで変えられてしまえば、別人と間違っても仕方あるまい。……いや、これも言い訳がましいが。

「その……どうしたんだ？　ていうか、その服と髪は……？」

「これはユニクロのものですわ。青山さんが着替えていた際、こっそり買っておいたんですの。髪はウィッグで、黒髪にしてみました」

冬坂が自慢げに告げてくる。

……あの時、ユニクロの店内をキョロキョロしていたのは、単に物珍しいからではなかったのだ。きっとあの時点で、彼女はすでに服を着替える算段を立てていたのだろう。

冗談ではなく、まったく気づかなかった。

ていうか、今も半信半疑だ。

冬坂が着ていると、ユニクロの服すらハイエンドのブランドものに見えてしまう……。

「そ、そうなんだ。あれ？　じゃあ、最初に会った時に着てた服は……？」

化粧室から戻ってきた冬坂は、紙袋を持っていない。

彼女の傍《かたわ》らにある小さなバッグには、どう考えても入らなそうだが……。

「捨てましたわ」

「あれは、某有名ブランドの服でしたの。あのブランドの服は洗うことを想定されておらず、着たらそのまま捨てるのですわ」

「うええっ⁉」

「…………」

俺はなにも言えなかった。

俺の知らないお金持ちの世界……。

「とはいえ、少々残念でしたわ。あの服は、気に入っておりましたので」

「え……。じゃあ、どうして……」

「ふふっ。どうしてだと思われますの？」

イタズラが成功した少女のような顔をして、冬坂が問いかけてくる。

普段の彼女とのギャップに、胸が甘くしめつけられた。

気づけば、長らく春香の姿を見ていない。あの電話を最後に寮へと帰ったのだろう。つまり、今は本当に冬坂と俺の二人きり――。

急に喉が渇いてきた。

なにかを誤魔化すようにコーヒーカップへ手を伸ばすと、カップを持った俺の手に冬坂の温かな手が重ねられた。

「青山さんはきっと……ブランドものの服より、こういった服装の方が好みだと思いましたの。……ちがいまして？」

「……い、いや。ちがうことは、ない」

「ふふっ。よかったですわ」

すりすり、と冬坂が美しい指先で俺の手を撫《な》でてくる。

甘い誘惑に理性が溶けそうだった。

ハチミツを直接脳内に流し込まれたかのように、思考の巡りが鈍くなっていく。

「青山さんは、わたくしの気持ちに……気づいていらっしゃいますの？」

「い、いや、それは――」

「……最後まで言わないと、伝わりませんの？」

うっすらと涙が滲《にじ》む瞳で、冬坂がなにかを訴える。

その悲しげな表情に胸がしめつけられた。

それでも俺は、最後の意思力を振り絞る。

「……れ、〈恋愛学〉のルールを知ってるだろ。『好きな人がバレたら退学』なんだ。冬坂も、これ以上余計なことは言わない方が――」

「では、どうやって『好きな人がバレる』か、ご存知ですの？」

冬坂がそっと自分の左手に目をやった。

そこには当然、彼女のスマートウォッチ――〈学生証〉が巻かれている。

「……〈恋愛学〉のアプリに〈コール〉という項目がありますの。そこに〈コール〉する対象者と、対象者の『好きな人』の名前を入力するのですわ」

「そ、そういえば、そんな感じだったな」

「はい。ですから、他の生徒に〈コール〉されなければ――想《おも》い人と二人だけの秘密にすれば、『好きな人』と内緒で交際できますの」

冬坂がもう一方の手も伸ばしてきて、両手で俺の手を包み込む。

その柔らかさ。熱。なにより瞳が、雄弁に彼女の気持ちを語っていた。

それでも、真正面から告げてくる。

俺の逃げ道を奪うように。

「――――好きです、青山さん。わたくしと、お付き合いしてください」

……白状すれば、俺はこの時、冬坂に惹《ひ》かれていた。

春香という『運命の女の子』がいながら、なんという体たらくだろう。

だけど、それが俺の嘘偽《うそ》りない気持ちだった。

冬坂はかわいい。

今では、なぜ当初の俺が彼女に対して苦手意識を持っていたのか、わからない。

こんなにきれいでかわいい女の子が、俺のことを好きだと言ってくれているのだ。今日のデートだって、すごく楽しかった。この状況で冬坂に惚《ほ》れない男がいたら、俺はそいつを男と認めない。

こんなにかわいい冬坂と——みんなに内緒で付き合う。

それは、これまでの人生で一度も味わったことがないほどに甘美な誘惑だった。

みんなが知らない冬坂を、俺一人で独占する。

俺以外の誰も知らない冬坂の表情を、いくつも知ることになるだろう。それを想像するだけで胸は高鳴り、身体《からだ》の奥底から本能にも近い所有欲が噴き出してくる。

だから、ここで俺が口にすべき答えは、決まっていたはずだった。

「渡世たちを〈コール〉したのはお前か」

冬坂は動じなかった。少なくとも、表面上は。

「……………なんのことでしょうか」

「とぼけ方が下手だな。そこは『自分ではない』と否定する方が自然だ。入学三日目で三人も退学者が出たのはビッグニュース。冬坂ほどの人間が知らないはずはない」

「……………」

冬坂は表情を変えぬまま、重ねていた手をそっと離し、紅茶に口をつける。

微笑みを絶やさないが、今ではその表情が作り物めいて見えた。

「それに、俺は退学になった三人の『好きな人』を知っているんだ」

「……………なんですって？」

「渡世なんて、特に顕著だったよ。入学初日に『冬坂はオレの女だから手を出すな』って凄《すご》んできたぞ？」

「……………ちっ」

忌々《いまいま》しげに冬坂が舌打ちする。

半分以上ハッタリだ。実際のところ、俺は渡世の『好きな人』しか知らない。

それでも、話しているうちに思い出した。

退学者のうちの一人——同じクラスの目立たない男子は、冬坂をランチデートに誘っていた彼だ。確証はないが、状況証拠がこれだけ揃《そろ》っていれば、真に迫ることはできる。特に、冬坂の『ハニートラップ』を経験した、今の俺なら。

正直、もうダメかと思った。

俺に『好きな人』がいなければ――いたとしても、その想いが小さければ――俺は簡単に冬坂の罠《わな》に引っかかり、彼女の提案を受け入れていただろう。

だが、俺には『好きな人』がいた。

俺の世界を変えてくれた『運命の女の子』が。

その事実が、最後の最後で一瞬だけ俺に思考時間を与え、真実に辿《たど》り着かせた。

……春香も電話で言ってくれたじゃないか。待ってるからね、と。

『運命の女の子』が待っているのだ。

寄り道せず、ちゃんと家に帰らないとな。

「……それで、勝ったおつもりですか？」

テーブルを挟んだ向こう側から、ゾッとするほど冷たい声がかかる。

冬坂は、おしぼりを使って丁寧に自分の手を拭いた。

アクセサリーを外し、ウィッグを外し、スカートからブラウスの裾を出す。最後にバッグから髪留めを取り出すと、髪をまとめて二つ結びにした。

着ている服こそユニクロのままだが、雰囲気は完全に元の冬坂だ。

「最初に違和感を感じたのは、連絡先交換の時ですの」

ティーカップを傾けながら、優雅に語り出す。

……嫌な予感がした。

彼女と初めて出会った時のように、俺の第六感が全力で警報を鳴らしている。

「わたくしに声をかけられて喜ばない殿方なんて、いるはずありませんもの。加えて、手を触れた時。わたくしはあの時、自分に入った点数を二〇点と申しましたが……本当は、たったの二点でしたの。八矢さんには二二点、桜雨さんには三五点も入ったそうではありませんか。それでわたくしは、青山さんの『好きな人』が桜雨さんか八矢さんだと、当たりをつけたのですわ」

「………………」

まるで犯人を追い詰める名探偵だ。俺のハッタリとは違う。

「異性と昼食をとるという課題が出た際、八矢さんの誘いを断って桜雨さんを選んだ時点で、ほとんど確信していたんですの。ただし、念には念を入れました。同棲《どうせい》相手の指名権を誰に使うか。そして——今日のデートで、どういうタ、イ、プ、の、女、の、子、が、好、み、か、調べたのですわ」

「————っ‼」

今日一日の出来事が走馬灯のように駆け巡った。

つくづく、自分の間抜け度合いに腹が立つ。

冬坂が変わっていたのは、服装だけではなかったのだ。

八矢のようにイタズラをしかけてくることもあれば、春香のように恥じらったり、優しく接してくれることもあった。その度に俺の反応を観察し、〈学生証〉で〈恋愛学〉の点数を確認していたのだろう。

俺の苦手意識が消えていた本当の理由も、そこにあった。

冬坂が個人のパーソナリティを隠し、春香や八矢の性格を模倣していたからこそ、俺は無条件に警戒を解き、心を許していたのだ。そうでなければ、ここまで致命的な事態になる前に、なにかしら気づけたはずなのだ。

冷たい汗が流れる俺をよそに、冬坂は余裕の態度を崩さない。

そして、ついにその核心部分を口にした。

「――――桜雨さんが、お好きなのでしょう？」

否定はしなかった。

しても無駄だということが、明白だったからだ。

「とはいえ、少々口惜《くちお》しくもあります。他の三人と同様、青山さんもわたくしに惚れさせてから〈コール〉するつもりでしたのに。ここまで女のプライドを傷つけられたのは、生まれて初めてですわ」

「……どうして、こんなことをするんだ」

答えは期待していなかった。

それこそ、負け犬の遠吠《とおぼ》えみたいなものだ。

しかし冬坂は、勝者の余裕を見せつけるかのように、あっさりと答えてくれる。

「メリットならありますわ。みなさん、ルールを確認していらっしゃらないのでは？　初日に美硯《みすずり》先生がおっしゃっていたではありませんか。〈恋愛学〉のアプリから詳細なルールを確認できるので、各自で目を通しておくように、と」

冬坂に言われて、自分の〈学生証〉を操作する。

いくつかある項目のうち、一番下に『ルール』という項目があった。

俺は本気で〈恋愛学〉一位を目指している。だから当然、この『ルール』にも目を通していた。しかし、大半の内容は美硯先生の説明と重複していたし、こんなにも早く自分が〈コール〉されるとは思わなかったため、詳細に記憶していなかったのだ。

〈コール〉に関するルールを確認すると……『他生徒の〈コール〉に成功した場合、固定点をプラス一〇点。失敗した場合、通常点をマイナス一〇〇点』と書かれていた。

固定点とは〈恋愛学〉の取り組みに関係なく、毎月付与される点数であるらしい。

「わかりまして？　つまりこのゲームは、十人の生徒を『好きバレ』させて殺せば、それでクリアなのですわ」

……早期に自分が〈コール〉されるリスクを想定しなかったのは、俺の怠慢だ。

こんな状況に陥ったのも、同棲やデートに浮かれて危機管理できなかった、自分に責任がある。

それでも、冬坂の目的は未《いま》だにわからなかった。

俺が聞きたかったのは〈コール〉をする意義ではなく、その『目的』だ。彼女が自覚するように、それほどの美貌と才覚があれば、恋の相手など選び放題だろう。

「冬坂の『好きな人』は……そんなに、付き合うのが難しい人なのか？」

「……？　ああ、〈強制交際権〉のことですの？　わたくしは、そんなものに興味はありませんわ。わたくしが欲《ほっ》しているのは〈理事長権限行使〉ですの」

冬坂がティーカップをソーサーに戻し、表情を引き締める。

その顔は、高校生のものではなかった。厳しい社会に身を置く、財界人のそれだ。

「日本を代表する四大財閥の中でも、冬坂財閥は『人の冬坂』と呼ばれていますの。他の財閥が『組織』に主眼を置いているのに対し、冬坂は『人』に主眼を置いているのですわ。能力のない人間がいくら集まったところで、所詮、寄せ集め。冬坂が欲するのは『企業』ではなく『個人』。すなわち『天才』ですの」

彼女が俺の過去を知っていた理由が、ようやくわかった。

いくら『神童』とチヤホヤされようが、当時の俺は小学生。四大財閥のご令嬢が知るには、あまりにも小物だ。しかし、『人』を重視し『天才』を欲する冬坂財閥だからこそ、俺の名前も耳に入ったのだろう。

「より効率よく『天才』を手に入れるためには、どうすればいいか。……簡単ですわ。『天才』が集まる機関を丸々手に入れればいいんですの。わたくしの目的は〈理事長権限行使〉を使い、覇王学園をそっくりそのまま、冬坂財閥に呑《の》み込むことですわ。そしてそれが、冬坂財閥の現当主――お父様の望みですの」

なんだか不思議な感じがした。

〈コール〉され、退学となる未来が確定してしまったからだろうか。

目の前にいるはずの冬坂が蜃気楼《しんきろう》のように溶け、夢を見ているような心地になる。

「……とはいえ、青山さんを他の三人と同様に即刻退学とするのは惜しいですわ。仮にも天才と呼ばれた人ですもの。──『他者は敵であり、支配するもの』。それが、冬坂家の家訓ですの。そして……支配するなら、より利用価値の高い人物が望ましいですわ」

どこかで聞いた言葉。

それは、誰の哲学だったか。

冬坂の声が幼い少年のものへと変わる。本来、高いはずの少年の声音は、世界の全てを呪い尽くすかのような、不機嫌な低音に染まっていた。

「そうですわ。青山さんには、桜雨さんと八矢さんの『好きな人』を探って頂くことにいたしましょう。わたくしは、このまま固定点で一〇〇点を目指しますが、お二人と青山さんは通常点で一〇〇点をとってしまう危険性がありますの。同率一位となった方《かた》を〈コール〉するためにも、お二人の『好きな人』は暴いておく必要がありますわ」

ぼんやりとする視界。テーブルの向こうから、九歳の少年が語りかけてくる。

久しぶりに逢《あ》った。

春香と──『運命の女の子』と出会う前の、俺。

『氷の世界』を生きる彼に、俺はそっと尋ねる。

「それは、本当にお前がやりたいことなのか？」

少年は答えなかった。

幕間《まくあい》　とある少女の日記

四月二十日。月曜日。

青山《あおやま》くんがわたしと同棲してくれなくなってから、一週間以上が経《た》ちました。

その間、青山くんとは、ほとんど話をしていません。

〈恋愛学〉の課題に誘おうとしても、声をかける前に避けられてしまいます。


…………わたしが、悪かったんです。


青山くんが冬坂《とうさか》さんとデートに出かけた、あの日。

気になって、こっそり後をつけていたのが、バレてしまったのかも。

あるいは、冬坂さんといい雰囲気になっていたことに焦《あせ》って、電話してしまったのが鬱陶しかったのかも。

わたしはあそこで帰ってしまったけど……もしかしたら、青山くんはもう、冬坂さんと

付き合って──

五年間、わたしなりにがんばってきたけど……あんまり変わってないわね。

わたしは今でも、弱いまま。

青山くんに避けられただけで傷つき、今はもう、声をかけることさえできません。

……こんなはずじゃ、なかったのに。

青山くんと再会した時には、すごく強くて素敵な女の子になっていて……胸を張って

「好きよ」って伝えるつもりだったのに。

わたしは、わたしが嫌いです。

第四章　ガールフレンド

冬坂《とうさか》に『好きな人』がバレたあの日から、二週間が過ぎた。

その間、俺は春香《はるか》を一度も同棲《どうせい》相手に指名していない。

極力接触しないように心がけ、同棲も〈恋愛学〉の課題も八矢《はちや》とこなすようにしていた。

冬坂以外にも『好きバレ』する可能性がある以上、不用意に春香と接触できないのだ。

あの日、俺は冬坂の要求を呑んだ。

春香と八矢の『好きな人』を探る――そのために、冬坂には俺の〈コール〉を待ってもらっている。

もちろん、俺は春香や八矢の『好きな人』がわかっても、冬坂に報告するつもりはない。

春香は『運命の女の子』だし、八矢だって大切な友達だ。そんな二人を裏切るような真似《まね》など、できるはずがない。

言わば、これは単なる延命措置。

死刑執行までの猶予期間。

運良く春香と八矢が一〇〇点を取らず、俺が〈コール〉されなかったとしても……冬坂の奴隷として使い潰される未来が続くだろう。

どうやっても。なにをしても。

俺が退学となる未来か、冬坂の奴隷となる未来しか見えない。

「……………やっちまった」

手元のトレーで散乱したコーヒーカップを茫然《ぼうぜん》と見下ろす。

提供の途中で床の段差に躓《つまず》いたのだ。どうにか食器類の落下は防いだものの、カップの中身は盛大にひっくり返り、一部が俺のワイシャツを黒く染めた。

「大丈夫かい、青山《あおやま》くん？」

カウンター越しに初老の男性が紳士的に話しかけてくる。

この店のマスター。八矢の親父《おやじ》さんだ。

「はい、大丈夫です。……すみません。おいしいコーヒーを……」

「それはいいさ。火傷《やけど》はしてないかい？　とにかく、着替えよう」

「はい……」

たまたま、お客さんの少ない時間帯でよかった。

俺は店内に向けて一礼し、謝罪の意を示してから、カウンターの奥へと引き返した。

「……そろそろ、シフトの終了時間だね。今日はもういいから、そのまま上がってくれ。ちょうど店の制服をクリーニングに出そうと思っていたし、そのシャツも一緒に出しておくよ」

「いや、そういうわけには……」

「いつも頑張ってくれているからね。たまには、いいじゃないか」

ミスをしたのは俺の方なのに、にこやかに対応してくれる。

本当に寛大な人だ。あの八矢の親父さんとは、到底思えないな……。

「ありがとうございます。それでは、お言葉に甘えさせて頂きます」

「うん。どうぞ」

「それと、早くに上がってしまうので、バイト代はその分減らしてください。シャツのクリーニング代と今こぼしてしまったコーヒー代も、絶対に差し引いてください」

「……きみは律儀《りちぎ》だねぇ」

「中学時代から無理言ってお世話になっているんです。これくらいは当然です」

そう。俺はここで、中学時代からバイトさせてもらっている。

八矢の親父さんが経営する、小さなカフェ。

春香と出会ったことでアメリカ行きの話を蹴り、実の両親だけでなく養父にも勘当された俺は、どこかで働くしかなかった。

法的にも事情的にもワケありな俺を受け入れてくれた親父さんには、感謝してもしきれない。事実上、この人こそが俺の育ての親だと思っている。

「……時に、青山くん。きみは今、秋葉《あきは》と同棲しているらしいね」

更衣室に引っ込もうとすると、マスターから声がかかった。

そういえば、ちゃんと報告していなかった気がする。

「あ、はい。そうですね。すみません……学園の制度で変なことになってしまって」

「それはいいんだ。秋葉も、嫌がっている様子はないしね。ただ……わたしにとって秋葉は、この世でたった一人の愛娘《まなむすめ》だ。大切にしてほしい」

「は、はあ……。それは、もちろん……」

なんだ……？　妙なプレッシャーを感じる。

普段の温厚で優しいマスターはどこへ……。

理不尽な居心地の悪さを感じつつ、俺は生唾を呑《の》み込んだ。

そんな事実はないのに、俺がこの人の娘さんに手を出してしまったようなバツの悪さを感じる。……繰り返すが、そんな事実は一切ないのに！

どうフォローしたものかと言葉を探していると、マスターがゆっくりと口を開いた。

先ほどまでのプレッシャーが嘘《うそ》のように、イタズラっぽい笑顔で言い放つ。

「ところで、青山くん。わたしは猟銃の免許を持っているよ」

ああ、うん……。

この人は間違いなく、八矢の親父さんだ……。


更衣室で帰り支度を済ませ、店の裏口から外へ出ると、なぜか八矢が待っていた。

「センパーイ。遅いっスよー」

沈み始めた夕日を背に、ぷくっと頬を膨らませる。

状況だけ見れば、バイト上がりに待ち合わせをしていた仲睦《むつ》まじい恋人に見えなくもないが……当然ながら、そんな事実はない。

ここは八矢の実家だが、八矢自身はバイトなどしていない。

おまけに、今は学園の制度で寮生活中。八矢がここにいる意味がわからなかった。

「……待ち合わせした覚えはないぞ？」

「そっスね。センパイがバイト上がるのを見計らって、勝手に来ただけですし」

「……それで文句言われるの、おかしくね？」

「やだなぁ～♡　かわいい後輩が迎えに来たんだから、それを察して早めにバイトを切り上げるのが素敵なセンパイってものですよ♡」

「そんなことを言う後輩は全然素敵じゃないけどな」

「あははは！　……って、なんスか、その格好？」

近づく俺の姿を見て、八矢が目をぱちくりとさせる。

夕闇でよく見えなかったのだろう。俺はどことなく決まりの悪さを感じながら、ぽりぽりと頭をかいた。

バイト中に着ていたワイシャツは制服のものだったのだ。それをクリーニングに出したため、制服を着る気になれず……俺はロッカーに突っ込んでいたジャージに着替えた。

今日はもう誰とも会わないし、別にいいだろ……と思っての判断だったが、謎に八矢とエンカウントした次第である。

「……バイト中にミスって制服汚したんだよ」

「ほへー。そうなんスか。だからってその格好は……なんか、田舎の頭悪いヤンキーみたいっスよ？」

「田舎のヤンキーに謝れ。最近じゃ彼らもインテリだ。俺と一緒にするんじゃない」

「どこにキレてんスか」

ぷっ、と吹き出した八矢が俺の隣にやって来る。

オレンジ色の帰り道を一緒に並んで歩き出した。

中学時代からこんな感じなので、特になにも思わない。

女の子と二人きりで歩くには、なかなかにムードのある雰囲気だったが……俺は欠片《かけら》もドキドキしなかった。たとえるなら、『妹と一緒に歩いている』辺りが近いのかもしれない。……俺に妹なんていないけど。

ところで、そう言う八矢も制服ではなかった。

パーカーにショートパンツ、踵《かかと》がぺったんこなスニーカーと、実に八矢らしいラフな服装だ。学校が終わった後、一度寮に戻って着替えたのだろう。

「……もしかして、冗談抜きに結構待った？　俺、クリーニングの対応とかしてたし」

「まー、そうっスね」

「マジか……。すまん。その甲斐甲斐《かいがい》しさ、まるで彼女みたいだな」

「冗談キツいっス。センパイが彼氏とか、即座に舌噛《か》むレベルっス」

「……俺が可哀想《かわいそう》」

げんなりしてツッコむと、八矢がケタケタと笑った。

いつも通りの、軽口の応酬。ちょっとキツめなジョークも言い合えるのが、友達の証《あかし》かもしれない。その後もテキトーなやりとりを続けていると、八矢のお腹《なか》が「きゅるる～」とかわいらしく鳴った。

「……待ちくたびれて、お腹へったっス……。そうだ！　いつかの約束を果たしてくださいよー」

「……約束？」

「ほら、奢《おご》ってくれるって言ったじゃないっスか♡」

そういえば、そんなことを言った気がする。

俺は額に手をやって記憶を探った。……そう。あれは確か、春香とランチデートするため、八矢の誘いを断った時だ。思えば、それが原因で冬坂に『好きバレ』したんだったな
……と考え、反射的にかぶりを振った。

気を抜けば、すぐにブルーな気持ちになってしまう。

「よーし、思い出した！　いいぞ！　男同士の約束だ！　盛大に奢ってやろう‼」

八矢に暗い雰囲気を見せたくなくて、努めて明るい声を出す。

……が、それを聞いた八矢はジト目になった。

「センパイ、センパイ。あたし、これでも女っス」

「細かいことはいいんだよ！　で、なに食う？」

「うーん。やっぱ、ラーメンっスかねぇ！」

宙をほわんと見つめながら、八矢が盛大にヨダレを垂らす。

この八矢、女子を自称するくせに、好物がラーメン・牛丼・焼肉なのだ。たまにトンカツも所望する。本人は「スイーツも好きなんで、セーフでしょ！」と言い張るが、なんか色々と間違っている気がする。

あと、それだけ大量にカロリーを摂取しておきながら、なぜ背が伸びない。

……胸か。やはり、全部の栄養が胸に行っているのか……と、パーカーを下から押し上げる双丘になんとなく目をやった。

「まぁでも、とりま、ゲーセンでも行きません？」

「……は？　今からか？」

「全力でラーメン食べたいんで、もっとお腹を空《す》かせたいんス！　今日は替え玉、三つは行く予定なんで‼」

「……今日、俺の奢りなんですけど」

「だからいっぱい食べるんじゃないっスか‼」

あっはっは！と高笑いする八矢がバシバシと背中を叩《たた》いてくる。

……自覚はないと思うが、どう考えても女子の仕草ではなかった。お前が女扱いされないの、そういうとこだぞ。

しかし、奢りの約束を果たすのはいいとして、一つ問題があった。

俺は再度、自分の服装を気にしながら、おずおずと進言する。

「なあ……俺、ジャージなんだけど」

「ほえ？　はあ、そうっスね」

「そうっスねって……。いや、この格好でゲーセンはどうよ？」

「……？　なにか問題あるんスか？」

「問題っつーか……」

「運動したい気分なんスか？　バッティングセンターかボーリングにしときます？」

スイングの動作をしながら、不思議そうに八矢が首を傾《かし》げる。

冬坂とのデート、春香との同棲《どうせい》生活が影響し、俺は知らず知らずのうちに自分の身なりを気にするようになっていた。デートにジャージで行くのは論外だと胸に刻んだし、普段部屋で過ごす際にも、制服やきちんとした服を着るようになっていた。

だからこそ、こんな格好で遊びに行くことを躊躇《ちゅうちょ》したのだ。

しかし、よくよく考えてみれば、八矢とは中学時代からこんな服装でよく遊びに行っていた。今さら取り繕う必要もないし、八矢がイヤなら、ストレートに言ってくるだろう。

「いや、すまん。やっぱ、なんでもなかったわ」

八矢との距離感を思い出して苦笑する。

ここのところ恋愛にばかりかまけていて、友達付き合いをないがしろにしていたのかもしれない。なにかホームに戻ってきたような、ほっこりとした気持ちだ。

「うーん……でも話してて、あたしも体動かしたくなっちゃいました。久しぶりに、バッセンで賭けバッティングでもしません？　打率悪い方が一日中言うことをきくルールで♡」

「絶対に断る」

俺は先ほどまでのほっこり感を霧散させ、断固として拒否の態勢をとった。

この八矢、胸部に多大な重量的ハンデを抱えていながら、運動神経抜群なのだ。

バッティングセンターでは一四〇キロの球をバシバシ打つし、ボーリングのスコアはアベレージ二五〇を超えている。

いつも俺と一緒に賭けに敗れていた水城は「ナッツ……あれが伝説の『おっぱい打法』だよ……。オレたちには勝てない……」と遠い目をしていた。無論、ボーリングでは『おっぱい投法』なるものが炸裂《さくれつ》する。

なんでも器用にこなす水城が負けるのだ。俺が勝てるわけない。

唯一可能性があるとすれば、部活経験を生かして短距離走くらいだが……。

「えぇー。つまんないっス！　じゃあじゃあ！　ゲーセンで勝負しましょーよー！」

俺の腰元にしがみつきながら、ガクガクと揺すってくる。

……まあ、ゲームなら運動神経は関係ない。スポーツよりずっとマシだろう。

俺は「じゃあ、そうするかー」と適当に流しつつ、繁華街の方へ足を向けた。

なんだか久しぶりに、穏やかな時間を過ごせそうだ。

ずっと『運命の女の子』や『約束』のことばかり気にかけていたけど……俺はきっと、もっとたくさんの幸せを持っていたんだと思う。

◇

いい感じのモノローグで和んでいた俺だが、惨劇はそこから始まった。

ゲーセンに入るなり「はい、どーぞ♡」と言って、八矢が白紙の単語カードを渡してきたのだ。なんでも、これにサインをして『なんでも言うことき く券』を作成し、それを賭けてゲームするらしい。

「えっちぃ命令でもいいっスよ？　『おっぱい揉《も》ませろ』とか♡」

「はっはー。言いやがったな？　覚悟しやがれ。お前みたいなのが相手でも、おっぱいには興味あるぞ！」

　などと軽口を叩きつつ、格ゲー台に座ったのが運の尽き。

　……あとになって思えば、そもそも白紙の単語カードなんて用意してる時点でおかしかった。偶然で持っていたとは考えられないアイテムだ。ならば、それを持っていた時点でこの勝負は計画的犯行であり、仕組まれたゲームということだ。

　普段の俺なら、気づけたはず。

　しかし、冬坂の件のストレスを忘れるため、積極的に平和ボケしようとしていたその時の俺には、まるで気づけなかったのだ。……結果。

「お前ぇぇぇぇぇ！　なんっだ、そのハメ技⁉　そんなことできんの⁉」

「にゃっふふ～♡　いつかゲーセンで賭けをする時用に、温めといたっス！」

　一瞬で俺の操作するキャラのＨＰゲージが消し飛び、敗北が確定する。

「ほらほらぁ～♡」と猫のように手招きする八矢に、サインしたカードを一枚渡した。

　俺の『なんでも言うこときく券』が……。

「ああ～……。いいっスねー、これ。勝利の味っス～♡」

「テメェ、八矢コラ……今まで水城と三人で来てた時、手ぇ抜いてやがったな……⁉」

「脳あるネコは爪を隠すんスよ～？」

「鷹《たか》な。あと、能は能力の能な」

「……し、知ってましたしっ！」

いや、今絶対『脳』って言ってたろ……。発音的に……。

「ちなみに、俺はどんな命令されるんだ？」

「そうっスね——……。とりあえず、『この場で全裸になれ！』とか？」

「俺、捕まりますよねぇ⁉」

真顔で言ってのける八矢に全力でツッコむ。

この顔は冗談じゃない！　マジで言ってやがる‼

『他人《ひと》の不幸はミツの味』って、笑えるレベルじゃねーぞ⁉

「んー？　でも、勝負は勝負ですしぃー」

「賭けてるものが重すぎません⁉　俺、ポリス沙汰だよ⁉」

「いや、センパイだって、勝ったらあたしのおっぱい揉んだわけじゃないっスかー？」

「ぐっ…………‼」

いや、実際のところ、俺が勝ってもそんな命令はしなかった。

あくまで冗談。ラーメンを奢った帰り道にアイスでも奢ってもらおうとか、そんな程度を考えていたのだが……この状況でそれを言い出しても、信じてもらえる可能性は薄い。

ならば――――‼

「……倍プッシュだ。八矢、次のゲームはそのカードを二枚賭けよう」

「おっ。ノリ気っスね？」

「当然だ。これはもう、遊びじゃない。――――戦争だ‼」

春香とランチデートをした時以来の、戦闘モードに突入する。

賭けているのは、己の尊厳。

もはや八矢のおっぱいを揉むとか揉まないとか、そんなことはどうでもいい。

たった今、八矢の手に渡ってしまったあの一枚を奪い返さない限り、明日の俺に未来はない。良くてポリス沙汰、下手すれば社会的な死が待っている。まさにデスゲーム。……俺、デスゲームに巻き込まれること多くない？

ともあれ、勝算はあった。

腐っても『神童』と呼ばれていた人間だ。無謀な賭けなどしない。

あらゆるギャンブルには必勝法がある。

それは、『負けて失ったチップより、多くのチップを次の勝負に賭ける』こと。

今、一枚のカードを失ったので、次の勝負では二枚を賭ける。そこでも負ければ四枚を、それにも負ければ八枚を賭けて次の勝負をする。そうして自分が勝ったタイミングで、潔《いさぎよ》く勝負を切り上げる。

真の勝者とは、勝つ者ではない。

負けない者——すなわち、勝負の引き際《ぎわ》を心得ている人間だ。

その点でいくと、八矢は到底、勝者にはなれなかった。すでに一枚のカードを確保し、勝利しているにも拘《かか》わらず、さらなるカードを求めて勝負をしたがっている。

そんなお前では、真の勝者にはなれない！

「にゃっふふ〜♡　いいっスよ？　ヤリましょーか！」

「発音がおかしい気がするが……まあいい。お前がこの二枚のカードを手にしたら、俺は裸になった上、盆踊りしてやろう」

「マジっスか！　それじゃあたしは、おっぱいに加えてパンツも賭けるっス！」

八矢の不穏な発言を聞いてか、周囲の人間がざわついている。

……構うものか。好きにしてくれ。俺は今、それどころじゃない。

この勝負に負けたら——社会的な死が待っているんだっ‼

決死の覚悟を固めた俺は、クレーンゲームのコーナーへ移動した。

クレーンゲームには自信がある。いつか春香とゲーセンデートする可能性を考え、中学時代からコツコツと腕を磨いていたのだ。

女の子が取るのに苦戦しているぬいぐるみを、横からパッと取ってあげるのは鉄板シチュエーション。絶対に押さえておきたい。

特に、昨今のクレーンゲームはアームで景品を摑《つか》むというより、アームの先端で景品を押す、俗に言う『プッシュ』という技術が重要となっている。一般人はそれほど磨かないスキルであるし、そもそも『アームの先端で押して景品を取る』という発想にすら至らない場合も多い。……勝ったな。

「……あ、センパイ。あたしから先にやってもいいっスか？」

「べつにいいぞ？」

フッ……素人《しろうと》め。景品の位置をよく見ろ。絶対に取れないぞ。

先に誰かがプレイしたのだろう。景品が悪い方向に動き、初期位置よりもさらに取りづらい位置へと移動している。この状況では、どうやっても――

「すいませーん！　これ、三千円以上連コインしてるんスけど、全然取れなくて――」

「…………………」

なぜか八矢は、店員に声をかけた。

そして、筐体《きょうたい》の操作部分を開けた店員が複数回プレイされているのを確認。

取りやすい位置に景品を移動し、八矢は百円だけの、ワンプレイで景品をゲットした。

「お前ぇぇぇぇ！」

「にゃっふ～♡」

巨大なぬいぐるみを抱きしめ、猫のように愛らしい笑みを浮かべるが……俺にはその顔が悪魔のように見えた。

ぐっ……！　だが、必勝法は未《いま》だ俺の手の内にある‼

レースゲーム機のコーナーへ移動。賭けのレートはカード四枚。

格ゲーに強い八矢でも、レースゲームならワンチャンが――

「このコース、隠しショートカットがあるんスよ♡」

「お前ぇぇぇぇぇ！」

メダルゲームのコーナーへ移動。レート八枚。

パチスロという、男しかプレイしないゲームなら――

「あたし、目押しできるっス♡」

「なんでやっ⁉」

麻雀《マージャン》ゲーム。レート十六枚。八矢はルールを知らないはず――

「あ、なんか最初から揃《そろ》ってたっス」

「天和《テンホー》⁉　死ぬぞ、お前‼」

せめて、リズムゲームなら――

「あ！　俺、リズム感なかったわ！」

「なんで選んだんスか！」

あれよあれよという間に俺の『なんでも言うことをきく券』は巻き上げられ、単語カードがカラになった。

……あらゆるギャンブルには必勝法があると言ったな。あれは嘘《うそ》だ。

理論上、一度の勝利で取り戻せるだけのチップを賭け続ければ、いつか勝てるが……実際はその前に『資金ショート』という落とし穴が待っている。

つまり、賭けるチップがなくなり、勝負を続行できなくなるのだ。

あと、最近のカジノでは『倍プッシュ』自体が制限されているケースも多いそうだから、良い子のみんなは注意してね。

「うっは♡　大漁っス～♡」

ほくほく顔で俺の『なんでも言うことをきく券』を眺める富豪の八矢。

俺の命が今、終わろうとしている……。

「ぐっ……！　八矢ァ！　もう一勝負しろォ‼　俺はこの通り、上半身裸になって最後の命乞いを――」

ジャージの上着とTシャツを脱ごうと手をかけ、決死の覚悟で最終決戦という名の『泣きの一回』を懇願する俺氏。

そんな俺の肩を、後ろからポンポンと誰かが叩《たた》いた。

振り返ると、この店の警備員さんが立っている。

「……きみ。女子小学生に『おっぱい』や『パンツ』を賭けさせてゲームしている不審者がいるとの通報が入ったのだが——」

「…………」

頭に上っていた血がサァっと引いていく。

視界の端では、八矢が口元に手をやって必死に笑いを堪《こら》えていた。その顔には『作戦成功♡』と書かれている。

俺はそのまま、スタッフルームへ連行された。

八矢が正直に事情を話してくれたことが、せめてもの救いだった……。

「あ～♡　楽しかったっスねぇ！」

「…………」

学生寮へ戻ってくるなり、八矢はご機嫌な様子でベッドにダイブし、俺はコンビニの袋をテーブルに置くと共に力尽きて崩れ落ちた。

あの後、警備員さんに必死に事情を説明し、どうにか釈放されたものの……俺の『なんでも言うことききく券』が大量に奪われた状況に変わりはなかった。

ひとまず、ゲーセンで『全裸盆踊り』するのは避けられたものの、このまま八矢に生殺与奪の権を握られたままというのは、精神衛生上よろしくない。

どうにか最後にもう一勝負、泣きの一回を……！と懇願する俺に、八矢は「じゃあ、ラーメンの大食い対決しましょ？」と言ってきたのだ。

その時点で嫌な予感はしたが、もう俺には逃げるという選択肢が存在しない。

如何《いか》に八矢が大食い女王《クィーン》と言えど、所詮は小柄な女子高生。

食べ盛りで体の大きな男子高生が負けるはずない！と無理矢理に自分を鼓舞して臨んだ最終決戦だったが――案の定、ボロ負けした。

……いや、弁解させてもらうと、俺だって健闘したのだ。

ラーメン本体の他に替え玉三つ、合計四杯分に近いラーメンを平らげた。

ただ、替え玉を五つも食べた上、「帰りにコンビニでアイス買いましょー？　もちろん、センパイの奢《おご》りで♡」と『なんでも言うことききく券』をピラピラ振る八矢が異常なだけなのだ。

「あー……。もう動けないっスー。センパーイ、アイスとってー」

ベッドで仰向けになった八矢がお腹《なか》をさすりながら言ってくる。

だいぶ行儀が悪いが、女王なのだから仕方ない。

「俺だって満腹でキツいんだぞ……。うっぷ……。ラーメン四杯なんて、人生で初めて食ったわ……」

「おー？　そういうこと言うんスねー？　それなら、はいこれー」

「…………」

ベッドの上で『なんでも言うこときく券』をピラピラ振ってくる。

俺は歯を食いしばって立ち上がり、女王の元へアイスを献上しに行った。

……情けないが、仕方ない。こういう小さなことで少しずつでもカードを回収しなければ、俺の『全裸盆踊り』は確定だ。それに比べたら、パシリなどなんでもない。

「女王さま、八矢さま。この卑《いや》しい下人に、なんなりとお申し付けください」

「うむ。よきにはからえっス」

おそらく意味はわかっていないと思われるが、それらしい発言をして威厳を示したかったらしい。あと、上から目線なのに『～っス』の口調がそのままだぞ。

しかし、さすがの八矢もラーメン六杯はきつかったらしい。

ベッドの上を転がりながら、どうにか楽になる体勢を探しているようだ。

「あー。胸がしんどいっスー。ブラきついー。センパイ、ブラもとってー」

「それは無理じゃね⁉　なに『アイスとってー』のテンションでとんでもないこと言ってやがる⁉」

アイスをくわえた八矢が背中を向けつつ、『なんでも言うこときく券』をピラピラ。

いや、確かに『全裸盆踊り』に比べればずっとマシだが……それどころか、ご褒美《ほうび》感すらあるが……それをした瞬間に〈学生証〉が反応し、俺は退学処分となる気がする。

八矢もさすがにそれは承知したようで「冗談っスー。ちょっとバスルームへ行っててくださいっスー」と言ってきた。

引き続き『例の券』をピラピラするので「それくらいなら……」とありがたくカードを頂戴し、バスルームへと入り込んだ。意味はないと思うが、念のため内側から鍵を閉めて待つこと数十秒……すぐに「いいっスよー」と声がかかった。

俺は慎重に「出るぞー？　いいかー？」と声をかけ、再度、八矢の了承をもらってから外に出た。……のだが。

「のわぁっ⁉　おまっ……！　なんつー格好してやがる⁉」

反射的に回れ右をし、再びバスルームへ続くドアを眺める。

八矢のやつ、ベッドで仰向けだった！　しかも、Tシャツ姿で‼

先の発言で八矢が下着をとっていることは明らかであり、生地の薄いTシャツ一枚で仰向けになるものだから……胸の形がくっきりと浮かび上がっている。これで不純異性交遊に判定されても、俺のせいじゃないぞ⁉

「……あー。脱いだ下着は布団《ふとん》に押し込んでるんで、めくらないでくださいっスー」

「それ以前の問題だバカ！　パーカー着ろ、パーカー‼」

「なにをそんなに焦《あせ》ってるんスか……」

「逆に、なんでお前はそんなに落ち着いてるんだよ⁉」

「いや、ノーブラなんていつものことですし……」

「お前、ここ最近ずっとそうだったの⁉」

驚愕《きょうがく》しつつも赤面する。

確かに、冬坂の一件以来ずっと鬱状態だったし、八矢のことは意識上『男友達』で通しているから、いちいち下着着用の有無を確認することも、部屋着の胸部を注視することもなかった。

だが、一度知ってしまったらもう無理だ。あの頃には戻れない。

「あたし、部屋ではブラ着けない派なんスよー」

「アホかっ！　無防備すぎだ‼　俺だからいいが、他の男が同棲《どうせい》相手だったら――」

「あ。さすがにセンパイ以外と同棲してた時は着けてたっス」

「なんで俺の時だけ脱ぐの⁉」

悲鳴に近い声が出た。

自分でも意外だったのだが、この件で一気に八矢が同級生の『女子』であることを思い出してしまった。昨日までの、カケラも緊張していなかった俺はどこへ……。

自分でも自身の反応に戸惑うのだ。

客観視している八矢は、なおさらだっただろう。

バスルームの方を向いているので、八矢の表情は窺《うかが》い知れないが……なんとなく「ニヤァ……」という嫌な笑みを浮かべた気がした。

それと同時、俺の背後から「センパーイ。今度はコーラとってくださいっスー」という声が聞こえてくる。そのトーンだけでわかった。こいつ、俺をからかえる状況を全力で楽しむつもりだ……‼

どうにか命令を拒否しようと考えたものの、背後でピラピラとカードが振られる音がして、俺はしぶしぶ承諾する。

できるだけ八矢の方は見ないようにしながらテーブルまで行ってコーラを取り出し、限界まで首を捻《ひね》って視界を調整しつつ、八矢の元へ持っていく。

「くふふ♡　普段から雑に扱って『おっぱい、おっぱい』言ってるくせに、意外と本番には弱いんスねー？」

「本番ってなんだ……。いつものはネタだろ？　こんな生々しいの、シャレにならん」

「およ？　そうだったんスか？　水城センパイはこれまで、ガチでパイ揉《も》み狙ってたっスけど」

「…………」

水城……お前ってやつは……。

どうりで八矢が賭け事に本気なわけだ。俺は勝っても負けても冗談で流そうと思っていたが、水城はガチで八矢のおっぱいを狙っていたし、だからこそ八矢もガチで俺の『全裸盆踊り』を狙っていたのか……。

今さらながら、デスゲームで一人だけ日和《ひよ》っていた事実に頭が痛くなった。

「ともかく、上着を着てくれ。信用はありがたいが、もっと自分を大切にしろ」

「……な、なんか女扱いされるのも、それはそれで照れるっスね」

「そうかよ」

「うーん。じゃあ、最後にちょっとだけ。センパイ、こっち向いてください」

「……あん？」

「はい、サービス♡」

そこで振り向いてしまったのは、反射が八割、二割が信用だった。

八矢と同棲し始めて二週間。いつも通りウザ絡《がら》みされることはあっても、〈恋愛学〉の点数をとるためになにか仕掛けてくる、みたいなことは一度もなかったのだ。

しかし、振り向いた俺の視界に飛び込んできたものは、恥ずかしそうに頬を染め「テヘっ♡」と舌を出している八矢の顔。

そして、限界まで引っ張られたTシャツの首元と、真っ白な胸の谷間だった。

「んなっ――!?」

俺が動揺すると同時、八矢の〈学生証〉が「ピコン！」と音を立てる。

……久しぶりにその音を聞いた。

課題を達成するため八矢と〈恋愛学〉の取り組みをすることはあったが、お互いに慣れっこでドキドキしないため、ほとんど点数が入らなかったのだ。

八矢は〈学生証〉の音に満足すると、パッと起き上がってパーカーを羽織り、ジッパーを一番上まで引き上げた。そして、まだ朱が残る顔で「えへへ♡」とイタズラっぽく笑ってみせる。

「やっとドキドキしてくれたっスね！　これでも、結構悩んでたんスよ？　女として魅力ないのかなーって」

「いや、そんなことはない……けど」

「そうっスね♡　ちゃんとあたしの胸で反応したっスもんね♡」

「言い方ァッ！」

　まさかこんな不意打ちを食《く》らうとは思わなかったので、仕方ない。ていうか、された行為を考えれば点数が入らないわけないのだ。女の子の肌……それも胸を見てドキドキしなければ、俺は同性愛者ということになってしまう。

「ったく……妙な悩みを抱えてたのは理解したが、さっきのはやりすぎだぞ……。普通に相談してくれたら、普通に答えたからな？」

「うーん……まぁ、それもあるんスけど……。こういうのしたら、センパイ、元気出るかなーと思って」

「……あん？　どういうことだ？」

　俺が疑問符を浮かべていると、八矢がパーカーのポケットをごそごそし始めた。

　そして、そこから大量の『なんでも言うこときく券』を取り出すと、俺の前にどさどさと積み重ねていく。

「今からこれを全部使って、センパイにお願いするっス。いいっスか？」

「……『なんでも言うことさく券』なんだから、たくさん使う必要ねーだろ」

「紋章を一画使って命令するより、三画使って命令した方が効果強いんスよ」

「……たぶんゲームネタだと思うが、俺はそんなにゲームしないから伝わらんぞ」

適当な軽口を叩《たた》きつつも、なんとなく理解した。

次に八矢の口から告げられるのは、きっと重い言葉だ。そうでなければ、あの八矢がこんなにも真剣な表情をするはずがない。

反射的に目をそらし、どうにか逃げの一手を打とうと思案していると——その時間を奪うように、八矢が言葉を重ねた。

「勝手に、あたしの前からいなくならないこと」

この場面で、おそらく俺は沈黙すべきではなかった。

常にくだらないことを言い合って軽口を叩き合う俺と八矢の関係性において、沈黙は肯定。なにも言わずとも『なにかあった』と白状しているようなものだ。

こういう時には、付き合いの長さが不利に働く。

目を合わせただけでもこちらの心中を読まれる気がして、俺は必死に目をそらし続けた。

八矢はそれを責めるでもなく、ただ俺の言葉を待つように、のんびりとコーラの缶に手をかけた。プシュッ、と軽快な音がして炭酸が抜けていく。

「……てっきり、告白されるのかと思ったぞ」

「面白い冗談っスね。そしたらセンパイは、付き合ってくれたんスか？」

「そりゃもう、喜んで」

「じゃあ、そんな相手に隠しごとなんてしないっスよね？」

「………………怒ってんのか？」

「怒ってはないっス。ただ……そうっスね……。自分の無力さが哀《かな》しいっス」

哀しい、と俺は心の中で繰り返した。

ちらりと視線を戻すと、八矢は俺の方を見ていなかった。時折コーラを呷《あお》りながら、宙空をぼんやりと見つめている。

「センパイのことは、尊敬してるっス。……初めて会った時。センパイは親がいなくて、家もなくて、お金もなくて……それなのに、ヘラヘラと笑ってたっス。正直、頭イカレてんのかと思いましたよ」

「だいたい合ってる」

「そんなセンパイが暗い顔してるのを、あたしは初めて見ました」

「……結構、上手《うま》く隠してたつもりなんだけど」

「何年の付き合いだと思ってるんスか」

八矢の傷ついたような表情に胸を締め付けられる。

……こうなるから、俺は必死に隠していたんだ。

「でも、長い付き合いだからこそ、わかるんです。センパイはこういう時、ちゃんと『たすけて』を言える人だって。それを言ってくれないってことは……あたしが、センパイのためにできることが、なんにもないってことじゃないっスか。……それが、あたしは哀しいっス……」

「…………………」

冬坂に脅迫されていることは、誰にも言えなかった。

『俺が春香を好きなことがバレた。〈コール〉を保留してもらうため、春香と八矢の好きな人を探っている』――そんなことを言って、どうなるというのか。

せいぜい同情してもらい、慰めてもらうだけ。現実はなにも変わらない。

だったら、そんな負担を友達に強いるのは、自分勝手なのではないか。

そんな風に、俺は考えていた。

「……あたしは、センパイのこと好きっスよ。いなくなるのは、寂しいっス」

八矢の目からホロリと涙が零《こぼ》れた。

俺も、八矢が泣いているのを初めて見た。

きっとこの二週間、ずっと我慢してくれていたのだろう。俺の下手な演技に付き合い、なにも気づかないフリをして……ずっといつも通りに笑っていてくれたのだ。それがどれほど辛《つら》く、どれほど愛情に満ちた行為だったか。

目の前で山のように積まれた『なんでも言うことき券』。

その一枚一枚がすべて、八矢から俺への友情の証《あかし》のように思えた。

「……ごめん、八矢。俺が間違ってた」

負担をかけるとか、かけないとか……なにをごちゃごちゃと考えていたのだろう。

友達だったら、迷惑をかけるのは当たり前。その分、向こうの迷惑もしっかりと受けとめて……助け合いながら生きていくものじゃないのか。

立場が逆なら、俺だって八矢の話を聞きたいと思うだろう。

たとえ、俺にできることがなに一つなかったとしても。

そんなことすら、わからなくなっていた。……冬坂の件がどれほどストレスになっていたか、知れるというものだ。

（……………長い夜になりそうだ）

俺は八矢に全てを話す覚悟を決めた。

もう色々と手遅れで、どうしようもなくて、俺がこの学園を去ることはほとんど決まってしまったけれど……それでも、友達にはきちんと話しておくべきだ。

「……まったく。お前は本当に、イイ女だよな」

「…………ふえ？」

「相手に気を遣わせないくせに、自分ばっか陰で気を遣いやがって。こういうのを『内助の功』って言うのかな。嫁にしたいタイプだ」

「なっ……ななな！　なに言ってんスか⁉」

八矢がカーっと頬を紅潮させると同時、俺の〈学生証〉が「ピコン！」と音を立てた。

……む。確かに今のは、ちょっと恥ずかしいセリフだったかもしれない。

春香が相手じゃないので、思ったことがそのまま口から出てしまった。

「お、おう。すまん。そんなに深い意味はなかったんだが……〈恋愛学〉の点数をくれるくらい、嬉《うれ》しかったのか？」

「そういうの、わざわざ聞きます⁉」

「はは。まあ、そう怒るな。さっき言ったことは本心だ」

「〜〜〜〜っ⁉」

八矢が悶絶《もんぜつ》するように赤い顔を両手で押さえ、俺の〈学生証〉が再び音を上げた。

期せずして、重い空気を払拭《ふっしょく》することに成功したようだ。このまま、さらっと話してしまおう。

俺は舌を湿らせるため、ベッドに置かれたコーラを飲んだ。

さあ、腹をくくって――

「あ……それ、あたしの……」

「…………ん？」

八矢が俺の飲んだコーラを指差す。

そういえば、そうだった。意識が完全に別のところにあったので、つい。

「なっ……なにしてくれてんスかーーー‼」

先ほどまでの雰囲気を霧散させ、八矢が怒声を上げた。

これは確実に怒っている。頬だけでなく、顔全体が真っ赤だ。

「わ、悪い。あっちのビニール袋に俺の分があるから――」

「そーゆー問題じゃないでしょ‼　どうしてくれるんスか⁉　あたしのファーストキスっ

スよ⁉」

「キスって、そんな大げさな……」

「〜〜〜っ‼　センパイのこと好きって言いましたけど、そーゆー意味じゃないですからねっ⁉」

八矢が枕を摑《つか》み、俺に向かって全力で投げつけてくる。

完全に油断していた俺は顔面でそれを受け止め、反動で頭からコーラをかぶった。

「ぶはっ⁉　八矢、テメェ！　回し飲みなんざ、水城含めてしょっちゅう——」

「やってないっスよねぇ！　あたし、そーゆーのはパスしてましたよねぇ⁉」

「…………」

確かに、そんな気がした。

いつも三人で遊んでジュースもシェアしていたが、八矢だけは頑《かたく》なに回し飲みを拒否していた気がする。

「いやでも、お前普段からおっぱい押し付けてくるし、今日なんかモロに谷間見ちまったんだから、今さら間接キスくらい——」

「くらいってなんスか！　女の子にとって、キスは大事なものなんスよ⁉」

「うぐっ……⁉」

そんな風に言われると、途端に俺がとんでもない過《あやま》ちを犯してしまった気がしてくる。

「せっ、せめてっ！　センパイも初めてなら、手打ちにしてもいいっスけどっ!?」

「え？　そうなの？」

赤い顔で俯《うつむ》いた八矢が、急に妥協案を出してくる。

なぜそれで手打ちになるのか激しく疑問だが、そんなことで納得してもらえるなら願ったり叶《かな》ったりだ。……ええと。とりあえず、水城を始めとする男子連中との回し飲みを除けば、俺が間接キスした女子なんて八矢くらい――

（――初めての間接キスも、春香とがよかったなぁ）

そんな言葉が脳裏を過《よ》ぎったのは、もはや条件反射だ。

しかし、人間の脳は質問に対する強力なサーチ力を有しており、結果として俺に『春香との間接キス』の可能性を思い起こさせた。

そういえば、図書館に隣接したカフェで食事した際、「おいしいよ？」と言って紅茶を一口くれた気が――

「……で、どうなんスか。やっぱり、あたしだけ初めてだったんスか？」

「…………………」

俺と八矢の間柄において、沈黙は肯定を意味する。

だから俺は、絶対に沈黙するわけにはいかなかった。

「……その件についてなんだが、ひとまず、『キスの定義』を明らかにするところから始めたいと思う。そもそもキスとは、自分の唇を相手のどこかに接触させ、親愛などの情を表現するための行為で——」

「やっぱり、センパイは初めてじゃないんスね⁉」

鬼のような形相をしながら、八矢が俺の首を絞めてくる。

……本当に、長い夜になりそうだった。


結局のところ、俺は逃げていたのだと思う。

ここ数週間、色んなことがありすぎて……完全にキャパオーバーになっていた。

問題がいくつも発生し、なにから手をつけていいのかわからず、そうこうしているうちに新たな問題が発生して……結果、俺は考えることを放棄した。だから当然、事態が好転するはずもない。

夜通し八矢と話していて、そう思った。

順を追って一つずつ話をしていくうちに、整理されたのは問題ではなく、俺の頭の方だった。

　八矢は何度も口を挟みたそうにしていた。しかし、結局は最後までなにも言わず、ただ相槌《あいづち》を打って俺の話を聞くことに終始してくれた。

　俺に好きな人がいること。その人には、俺以外の好きな人がいること。その人と付き合うために〈恋愛学〉一位を目指していたこと。その過程で、冬坂に俺の好きな人がバレたこと。八矢の好きな人を探るという名目で〈コール〉を待ってもらっていること——

　正確には『春香と八矢の好きな人』が正しかったが、そこは割愛させてもらった。

　そうして、最後まで語り終えて、俺は思った。

　春香に告白すべきだと。

　冬坂に『好きバレ』した以上、月末に俺が〈コール〉され、退学となる未来はほぼ確定している。そうなれば、もう二度と『運命の女の子』には会えないだろう。だったらせめて、この学園を去る前に俺の気持ちは伝えておくべきだ。

　たとえ、春香に俺以外の好きな人がいたとしても。

　俺の感じた『運命』が、偽物《にせもの》だったとしても。

　窓の外が白み始めた頃、八矢は布団《ふとん》にもぐり込み、俺はＬＩＮＥを開いた。時間が時間なので返信は期待できないが、春香宛にメッセージを作成する。

決心が鈍らないうちに、自分の行動を確定したかった。

タイミングが合えば明日にでも、春香に気持ちを伝えよう。

そんなことを考えながら出来上がった文章を読み返していると、当の本人である春香からメッセージが届いた。

奇妙な偶然に驚きつつも、さっと内容に目を走らせる。

『青山に謝りたい』

確かに、そう書いてあった。

しかし俺には、意味がわからない。

こんな時間に春香からメッセージが届くことも謎なら、その内容の意図も不明だ。謝る必要があるのは俺の方で、春香ではない。打ち間違いだろうか？

俺は送信直前だった文章を削除し、今来たメッセージに返信する。

実に二週間ぶりの、想《おも》い人とのやりとりだ。

『謝りたいって、なにを？』

すぐに既読マークが付き、メッセージが飛んでくる。

『青山が冬坂さんとデートに出かけた、あの日』

『なんだか気になって、後をつけちゃったの』

『……本当に、ごめんなさい』

そこまで読んで、そういうことか、と気づいた。

どうやら春香は、勘違いをしているらしい。

俺が『好きバレ』回避のために春香を避けていた件に対して、『デートの邪魔をされたから怒っている』とでも思っているようだ。

しかも、こんな時間まで起きていて俺にメッセージを送ってくる辺り、相当思い悩んでいるらしい。……優しい春香のことだ。たとえ『好きな人』でない俺相手でも、不快な気分にさせてしまったと思うと、気がかりで仕方ないのだろう。

俺は『早朝で申し訳ないが、今から会えないか?』とメッセージを返した。

LINEで誤解を解くこともできるが、こういうことは直接会って話した方がいい。それに、もし会えるなら、その場で俺の想いを伝えることもできる。

幸い、すぐに春香から了承の返事と部屋番号の通知が届いた。

俺は手早く身支度を整えてから、廊下へ続く扉を開く。

「…………いってきます」

もう眠っているとは思うが、全てのきっかけをくれた八矢に声をかけた。

俺なりの感謝のしるしだ。

しかし、玄関口の惨状を見て、俺の感謝の気持ちは消し飛んだ。

履こうと思った靴は左右ごちゃ混ぜで靴ひもが結ばれているし、出入り口のドアノブにはかなり大きなサイズのブラが引っ掛けてある。おまけに、そのブラの端っこには単語カードが貼りつけてあり『浮気者《うわき》ぉー』と脱力した文字が書いてあった。

「……だから、お前の貞操観念は色々と間違ってるんだよなぁ……」

苦笑と共にため息が漏れる。

だいたい、浮気ってなんだ。同棲《どうせい》相手の指名に快く応じてくれたことには感謝しているが、俺たちの間に恋愛関係はない。まさか、八矢が俺のことを異性として好意的に思っているということもあるまい。

まあ、八矢なりのエールなんだろうな……と一人納得して、俺の外出を本気で阻害するかのような固い結び目の靴ひもに手をかけた。

第五章　人に優しく

春香《はるか》が送ってきた部屋番号は、俺と同じ階の反対側の部屋だった。

どうやら、この階の両端が〈仮・特待生〉用の部屋となっているらしい。

早朝だし、チャイムを鳴らすのはルームメイトに迷惑だろうから、部屋の前に着いたらまた連絡を……と思っていたのだが、そんな心配は杞憂《きゆう》だった。

春香の部屋まで辿《たど》り着くと、半開きのドアに水城《みずしろ》が挟まっていたのだ。

「……遅いよ、ナッツ」

どことなく、雰囲気が弱々しい。ドアを押し返す力もないようだ。

「お、おう。なんか、疲労の色が濃いな……。どうした？」

「どうしたもこうしたもないよ……。ナッツとの同棲解除以降、桜雨《さくらめ》さんはオレを同棲相手に指名してるんだけど……『わたし、男なんて信用してないから！』とか言って、同じ部屋で寝かせてくれないんだよ……。オレだけ玄関で寝るの、おかしくね……？　この部屋、洋室でベッドだから、布団も持って来れないしさー……」

毛布に包《くる》まった水城がずずっ……と鼻をすする。風邪気味なのかもしれない。

「そ、それは災難だったな……」

「ナッツが秋葉《あきは》を指名して逃げ出したのもわかるわ……。おまけに桜雨さん、『青山《あおやま》以外を指名する気はないから、同棲解除したいなら青山を連れてきて！』とかメチャクチャなこと言うしさー……」

「…………」

言えない。俺は普通に同じ部屋で寝させてもらえたなんて。

きっと、水城の信用度があからさまに低いのだろう。イメージとは裏腹に、そういうところはきちんとしている奴《やつ》なのだが……。

「とにかく、オレはもう保健室へ行く。保健室の方が眠れる……」

「あ、おい！　俺はどうすれば――」

「勝手に上がれば？　桜雨さんも、ナッツが来たら部屋に上げてって言ってたし」

そう言うと、ずるずると毛布を引きずりながら、亀のような歩みで遠ざかっていく。

（……ありがとな）

面と向かって言いそびれた言葉を、心の中で呟《つぶや》いた。

そんな状況でありながら、水城は一度も俺に『春香を再指名してくれ』とは言わなかった。きっと水城も俺の異変に気づき、なにも言わずに待っていてくれたのだろう。……俺は本当に、いい友達に恵まれた。

靴を脱いで玄関に上がり、歩みを進める。

部屋へ続くドアを前に、小さくノックしながら呟いた。

「……あの。青山、だけど……」

目の前にあるドアノブがゆっくりと回る。中から学園の体育用ジャージに身を包んだ春香が顔を出した。前髪を分けていて、宝石のように美しい瞳が見えたが……目元にはどことなく疲労感が滲《にじ》んでいる。水城と同じだ。

「………入って」

導かれるまま、部屋に入る。

部屋の作りは全室共通しているようだ。家具も間取りもほぼ同じ。部屋の位置によって、間取りが左右対称になっている程度なのだろう。

「コーヒーでも淹《い》れるわ」と春香が言うので、ダイニングテーブルに腰を下ろした。

……久しぶりに春香と二人きりだ。

それを意識した途端、急にのどが渇いてくる。

誤解を解くのもそうだが……俺はもう、その流れで春香に『好きだ』と告白するつもりなのだ。そのせいもあって、どうにも落ち着かず、俺はキッチンでお湯を沸かす春香にそっと話しかけた。

「あの……ごめん。こんな早朝から訪ねてきて……」

「……いいのよ。どうせ、眠れてなかったから」

「え……？」

「男の子と一緒だと思うと、どうしてもね。あとは……その。……色々と考えることがあって……」

「…………」

その『色々』が俺に起因するであろうことは、容易に想像がついた。

俺がぐずぐずと悩んでいる間に、たくさんの人に迷惑をかけたのだ。それが今さらながら、重い後悔となって押し寄せてくる。

真っ白な湯気が上るマグカップをテーブルに置いてから、春香もイスに座った。

俺がなんと切り出したものかと悩んでいると、春香の方から「……ありがとう」と言ってくる。

「…………え？」

「……その。青山はもう、わたしと話してくれないんじゃないかと思ってたから……」

春香の感傷的な微笑《ほほえ》みが胸に刺さる。

八矢《はちや》がしたのと同じ表情。俺は本当に、たくさんの人を傷つけた。

「……とりあえず、冬坂《とうさか》とのデートの件なら大丈夫だ」

「ほんと……？　それが原因で、わたしを避けていたんじゃないの……？」

やはり春香は勘違いしているらしい。

俺はもう一度、春香にも順を追って説明した。

八矢に話した後だったから、かなり簡潔に説明できたと思う。春香を避けていたことと八矢を同棲相手に指名したことは、冬坂からの指示だということにしておいた。

「そっか……青山の『好きな人』が冬坂さんに……。……じゃあ、青山はわたしのことが嫌いになったわけじゃないの……？」

「当たり前だろ。俺が春香を嫌いになんて、なるわけがない」

「そっか……。よかったぁ……」

「――――っ」

不意に、俺の鼓動が跳ねた。

疲れているからか、早朝だからか……あるいは安心したからか。

普段、春香が纏《まと》っているトゲのようなオーラが抜け落ち、可憐《かれん》な乙女のような雰囲気を漂わせている。一言で言えば、俺が初めて出会った時の彼女に近い。

おまけに前髪を分けて、きれいな目まで見せてくれている。俺の胸にある『春香が好きだ』という気持ちが、これまで以上に膨れ上がっていた。

（──もう、言ってしまおうか）

この学園を去る前に。

せめて、俺の気持ちを──

「……ちょっと待ってね」

ぎくり、と俺の身体《からだ》が強張《こわば》ったのは、春香が俺の告白を制したように思えたからだ。

しかしそうではなく、春香は部屋の奥へ歩いて行くと……自分が使っていたベッドの下から一冊のノートを取り出した。

それを持って戻ってくると、俺へ向けて差し出してくる。

「……中、見てもいいのか？」

「うん。もちろん」

春香から許しをもらったので、何気なくページを捲《めく》った。

……が、そこに書いてあったものに目を見張る。俺たちの学年、全生徒の名簿。その隣に、現在の〈恋愛学〉の点数が書かれている。

「これ……どうやって……!?」

驚愕《きょうがく》しつつも、さらにページを読み進める。最初の数ページは各生徒の氏名と点数だけだったが、それ以降はそれぞれの生徒について、現在の点数がその予測値となった根拠が記述されている。

友人との会話。たまたま目に入った〈学生証〉の画面。行為と反応からの推測。教師が無自覚に漏らしてしまった発言など……詳細にメモが取られていた。

恐ろしいのは、その精度だ。

『青山夏海《なつみ》』のページを開いて確認すると、途中までは実際の点数推移とかなり差があった。俺が春香と手を触れた際、入った点数を四〇点と言ったせいだろう。しかし、俺のその発言を記したメモの隣には『?』が付記されており、最終的に結論づけられた七六点という点数は、現在の俺の〈学生証〉にピタリと一致している。

ここへ来る直前に八矢からも点数をもらったのだが、その分も『八矢さんとの同棲生活で予測される追加点』の項目で補完されている。

……確かに、他人の点数を推測できる情報は流れていたかもしれない。

しかし、本人を目の前にメモをとることはできないし、学年の生徒全員ともなれば、その量は膨大だ。それらを全て記憶し、推論してデータにまとめ上げるなど、人間業とは思えない。

これが覇王学園《はおうがくえん》の、今年度・首席。

桜雨春香は、間違いなく天才だ。

「……〈恋愛学〉の仕様だと思うんだけど、みんな八〇点付近で点数の上昇が止まっちゃってるの。だから、最終的な予測精度はかなり高いと思う」

「謙遜する必要はない。これは、ほぼ事実だ。そして、こんなものがあれば……誰が誰を好きなのかも、容易に予測できる……」

「そうかも。……青山の好きな人は、わからなかったけど」

「そ、そうか……。ははは……」

笑って誤魔化すしかない俺である。

さすがの春香も、自分がそうであるという可能性は考えなかったらしい。あるいは、自身が〈仮・特待生〉なので、点数による予測が立てづらかったのかもしれない。

パラパラとノートを捲っていると、両手でマグカップを傾けていた春香が、息を吐くようにそっと呟いた。

「……そのノート、あげるよ。青山には必要でしょ？」

「………………え？」

「わたしには、それくらいしかできないから」

春香の言葉に、俺は混乱した。

このノートはとてつもなく貴重な情報源だが……今の俺には必要ない。俺は間もなく退学となるし、その前にすべきことは春香への告白だけだ。

こんなノートをもらっても、できることは誰かの『好きな人』を予測するくらい——と、そこまで考えて気づく。

まさか。春香は。


——冬坂を殺せと言うのか。


言外に春香の意図を汲《く》み取った俺は、表情が凍りついた。

有り体に言えば、ショックだった。悲しくなった。俺は、傷ついたのだ。

確かに、このノートを使えば冬坂の『好きな人』でさえも暴《あば》けるかもしれない。そうなれば、俺も彼女を〈コール〉できる立場になるため、その事実をもって交渉することができる。……いや、安全性を考えれば、彼女の『好きな人』が判明した時点でさっさと〈コール〉してしまうべきだろう。冬坂は退学となり、俺を悩ませている問題は霧散する。俺は今後もこの学園に通い続け、春香の隣にいることができるのだ。

それは、とても素晴らしいことのように思えた。

理屈の上では確かにそれが最善だと、論理的な俺も言っている。

だが、論理と対をなす感情が。俺の中にいるもう一人の俺が。どうしてそんな酷《ひど》いことをするのかと、慟哭《どうこく》を上げ続けている。

事ここに至って。

俺はようやく、この二週間、なにが自分を悩ませていたのか、その正体を知った。

俺を悩ませ、葛藤させ、ストレスを与えていたものの正体。

それは、春香に俺以外の『好きな人』がいることでも、冬坂に『好きバレ』してしまったことでも、俺が〈コール〉されて退学となってしまうことでもなかった。

「…………」

長い間、俺が黙っていたせいだろう。

春香が不安そうな表情をしながら、おずおずと尋ねてくる。

「もしかして……青山は、冬坂さんのことが好きなの？」

いいや、違う。

そうじゃない。俺が好きなのは春香だ。

だけど、そんなことは言えないし、言ったところで信じてもらえないだろう。

だから代わりに、こんなことを言った。

「俺は……優しい人になりたいんだ」

春香からすれば、意味不明だったと思う。

しかし、先ほど感じた想《おも》いを全て打ち明けても、理解してもらえるとは思えない。俺がおかしいのだ。春香は優しいから『他人を傷つけたくない』という程度で冬坂のことを考えていると思うが、俺は違う。

俺が冬坂に対して感じている想い。

そんなものは間違っている。俺自身ですら、そう思う。前提からして共感されない話なのだから、まともに伝える術《すべ》などあるはずもない。

それを雰囲気で察してか、春香も全く別の話題を振ってきた。

「……わたしね。好きな人がいるの」

――ズキリ、と胸が痛んだ。

まるで心臓に亀裂でも入ったかのように、胸が苦しくなる。

「……その人はね。とっても強い人。小さな頃から、大人や目上の人にも堂々と自分の意見を言っていた。大人たちが『こうあるべき』と言っても、『俺はこう思う』って自分の意見を曲げなかったわ。その『強さ』に、わたしは憧れたの」

「強さ……？」

「うん。だってそれは、『自分を幸せにする勇気』だと思ったから。いつも周りに合わせて、自分を犠牲にしていたわたしとは正反対。それでいて、周囲の人にもちゃんと気を配っていて……自分と相手、みんなを幸せにしようとするその『強さ』が、わたしには眩《まぶ》しかった」

……ああ、そうか、と思った。

俺が優しい人になりたいと願ったのは事実だが……それでも心のどこかで、俺がそんな人間になれば、春香にもきっと好きになってもらえるはずだと思っていたのだ。

邪《よこしま》な願い。

春香に好かれるはずもない。

ここで告白しても、春香が俺の想いを受け入れてくれることはないだろう。きっと彼女の目には、俺が冬坂のために自己犠牲をしているように映っているはずだ。その在り方は、彼女が嫌った『過去の春香』そのもの。

春香に好かれたいなら、『優しい人』ではなく『強い人』を目指すべきだった。

俺は最初から間違っていたのだ。春香にそんなつもりはないだろうが、俺は今、春香にフラれた。

「……だからね。わたしはこう言うの。『青山には、この学園に残ってほしい』って。それがわたしの、素直な気持ちだから」

きっと、それが彼女の望んだ『強さ』だった。

他者を傷つける可能性を恐れず、自分の気持ちを伝える勇気。

「……青山は？」

「俺……？」

「青山がなりたい『優しい人』は、どんな人なの？」

春香のような人だ。

冷たい『氷の世界』でたった一人、孤独に生きるしかない『だれか』に、温《ぬく》もりをあげられるような──

「このまま冬坂さんを傷つけず、退学になって……それで青山は、なりたかった『優しい人』になれるの？」

夢から覚めるような心地がした。

窓から真っ白な朝日が射《さ》し込んでくる。長い夜がようやく明けた。

室内を反射する陽光に目が眩《くら》み、俺は一瞬だけ幻を見た。

目の前にいる春香は今よりずっと幼くて、彼女が座る机は木製で大きく、周囲を背の高い書架が取り囲む。古本特有の甘い匂いと柔らかな空気。懐《なつ》かしいチャイムの音。……あの日、俺が彼女からもらった『温もり』の記憶。

俺はようやく、春香が伝えようとしてくれていた真意を悟った。

「………春香は強いな」

意図せず、するりとその言葉が零《こぼ》れた。

春香は少しだけ驚いたように目を見開き、すぐに苦笑しながら言ってくる。

「青山が優しいんだよ」

遠い日の約束。

幼い二人の誓いが、ようやく果たされた。

「……俺に、できるかな」

「青山ならできるよ。だいじょうぶ。もし失敗して退学になったら……わたしも一緒に、この学園をやめてあげる」

「それは遠慮しておくよ。春香が想い人と結ばれないのは、気が引ける」

「ううん。そうしないと、結ばれないの」
「…………？」
発言内容は不明だが、俺を元気付けてくれる意図は伝わった。
朝日を浴びた春香の髪が、キラキラと銀色に輝く。真っ白な肌に宝石のような赤い瞳。
優しい微笑《ほほえ》みで見つめてくれるその人が、俺には天使のように見えた。
彼女とつり合うような人間になりたい。
せめて、その指針を見つけるまで、この想いは秘めておこう。
俺はまだ、この学園を去るわけにはいかない。
このまま春香と別れたら、俺は幸せになれない。
だから――
――俺は、冬坂を殺す。

◇

四月二十八日は、朝から快晴だった。

雲一つない空の下で、いつも通りの日常が過ぎ去っていく。

朝、学校に登校して友達とあいさつを交わし、くだらない話で笑い合う。美硯《みすずり》先生のぶっ飛んだ授業を受けて、昼食を挟み、また授業を受ける。

俺の周りにはいつも騒がしい友人がいてくれて、大好きな女の子もそばにいて……それが本当に幸せで、涙が出そうになる。

「変わらない日常が大切なんだ」と訳知り顔で語る人が、俺は苦手だった。

俺の日常はいつだって『変わってほしいもの』だったから。

そんな俺が今、この日常に『変わらないでほしい』と願っている。……なんとも皮肉な話だ。天罰が下っても仕方ない。

その日、最後のホームルームが終了すると同時、俺はグラウンドへ飛び出した。

本来であれば班ごとに割り当てられた場所を掃除している時間帯だが、明日以降の掃除をしばらく一人で引き受けることを条件に抜けさせてもらった。

誰もいないグラウンドを独り占めした俺は、一番大きなトラックを疾走する。

「…………っ」

息が乱れた。バイトのおかげで体力は落ちていないようだが、それでも全盛期に比べれば、かなりペースが遅くなったように感じる。

途中で邪魔になった制服の上着を脱ぎ、放り投げた。

本当は体操服かジャージで走りたかったのだが、着替えている時間がなかったのだ。

今日は四月の最終登校日。

この後、十五時四十分から始まる全校集会にて、〈恋愛学〉の成績が発表されることになっている。点数の集計はその直前までなされるらしい。

あれから、冬坂は一度も俺に接触してこなかった。

その必要がないと判断したのかもしれないし、その方が美しいと思ったのかもしれない。

ただ、あの日以降も『好きバレ』による退学者は後を絶たず、俺が後から知っただけでも六名がこの学園を去っていた。

その全てが冬坂の〈コール〉によるものだとしたら……彼女は現在、『固定点』だけで九〇点を獲得していることになる。そして、残った一〇点分——最後の〈コール〉対象者が、俺か春香か八矢なのだろう。

先ほど放り投げた俺の上着を、誰かが拾い上げた。

真っ黒な日傘を差した、真っ白な女の子。

俺はグラウンドを半周して、春香の元へ駆け寄った。

「……もうすぐ全校集会だってのに、なに走ってるのよ」

そっぽを向きながら、つっけんどんな態度で聞いてくる。

残念ながら、しおらしい春香はあの日限定だったようだ。すっかり、いつもの調子を取り戻してしまった。

だから俺も、あえていつも通りの雰囲気を装《よそお》う。

「いやー……下手したら今日で退学かもしれないし、元・陸上部として、最後にグラウンドを走っておこうかと思って。さすが天下の覇王学園。いいグラウンドをしている」

「グラウンドの良《よ》し悪《あ》しなんてわかるの？」

「正直、わからん」

適当な調子で返すと「なによ、それ」と言って春香が吹き出した。

暗い場面で明るい話題を出すのが俺の得意技だ。……今日からな。

「そういえば、俺、春香に聞きたいことがあったんだ」

「な、なに？」

「覇王学園へ入学して二日目の朝。俺と手を触れ合った時……春香に入った点数は、本当は二〇点だったのか？」

「………うぐっ」

なぜか春香は、とても気まずそうな顔をした。

俺がその事実に気づいたのは、もちろん春香のノートを読んだからだ。あのノートには、春香自身の点数推移まで詳細に記述されていた。

春香と初めて課題をした時、俺は『好きバレ』回避のために点数を多く申告したのだが、春香にその必要はないわけで……おそらく、単純に間違って申告したのだろう。そのミスが恥ずかしく、気まずそうにしていると見た。首席のプライドか。

しかしこれは、重要な確認だ。

俺は彼女のプライドを傷つけないよう、さっさとハードルを下げる。

「実は、俺もあの時に入った点数は二〇点だったんだ。『獲得点数』ではなく、『合計点数』の方を見ていたらしい。〈学生証〉の画面、見づらいよな」

「ほ、ほんと？　そうなの？」

ホッとした様子の春香。首席のプライドは守られた。

「実はわたしも、合計点数の方を見ていたみたいで……」と言ってくる。つまり、あの時春香に入った本当の点数は、俺と同じ二〇点だったということだ。

「そっか。……これで準備は整ったな」

「なんの話？」

「いや、べつに。ところで春香」

俺は生唾を呑《の》み込む。表情に違和感が出ないよう、細心の注意を払った。その上で、なんでもないかのようなトーンで、さらっと言ってのける。

「俺が〈強制交際権〉で指名したい相手は——春香なんだ」

内心はもちろん、ドキドキだ。

心臓がはち切れんばかりの速度で脈打っている。

春香は最初、自分がなにを言われたのか、わからなかったらしい。

不思議そうな顔で半秒ほどキョトンとして……その意味を理解すると同時、ボンッ!と赤面した。

「え……ええっ⁉　それってつまり、青山はわたしのこと——⁉」

俺の〈学生証〉が「ピコン!」と音を立てる。

画面を確認しながら、なんとか俺はポーカーフェイスを保った。

「もう一つ確認したい。現在の〈恋愛学〉の順位。『通常点』でトップなのは、誰かわかるか?」

「うぇぇ⁉　いや、そうじゃなくて——!」

「……大事なことなんだ」

　ガシッと春香の両肩に手を置き、真正面から見つめる。

　すると、春香はトロンとした表情をして大人しくなった。

　まるで『恋する乙女』のような雰囲気だが……春香には他に好きな人がいるので、そんなわけはない。……なんだろう。今日も前髪を分けているから、直接目を見られるのに弱いのかな？

「通常点だけなら、わたしと八矢さん……だと思うわ。二人とも八〇点。というか、全校生徒の中で八〇点より上の点数を取った生徒はいないみたい……」

　どこかフワフワしながらも、しっかりと情報をくれる。

　春香のデータは、ほぼ事実。彼女が言うなら間違いない。現在の〈恋愛学〉トップは、春香と八矢なのだろう。

『固定点』を持つ冬坂と――俺を除けば。

　少々やり方は汚いが、緊急事態なので仕方ない。

　俺はニヤリと悪人のような笑みを浮かべながら、自身の〈学生証〉を見せた。

「……ええっ⁉　九〇点⁉」

　画面を覗《のぞ》き込んだ春香が素っ頓狂な声を上げる。

それと同時、彼女の後方――体育館の入り口付近に冬坂の姿が見えた。

いつも通り余裕のある所作で悠然と佇《たたず》み、こちらを眺めている。

「……そろそろ行くよ。お嬢さまがお呼びらしい」

おどけて肩をすくめると、春香も後ろを振り返って冬坂の姿を確認した。

「なによ、カッコつけちゃって」

「春香は『強い』男が好きらしいし」

「……もし青山が生き残ったら、今の話の続きを聞かせて」

「そりゃもう、喜んで」

「いってらっしゃい」

言いたいことは山ほどあるだろうに、最後は優しい笑顔で見送ってくれた。

俺も少しは、彼女の好みに近づけただろうか。


階段を上って冬坂の待つ場所まで移動すると「こちらへ」と言って、体育館の横にある入り口へと案内された。

すぐに彼女の意図を察する。

ここで〈恋愛学〉の点数に決着をつけたあと、すぐ目の前の入り口から入れば……体育館の壇上へ直接向かうことができるのだ。

言い方を変えれば、彼女はこの後、自分がそこへ登ることを確信している。

「お久しぶりですわね、青山さん。……すごい汗ですわ」

「ああ。グラウンドからここまで、全力で走ってきたからな」

どうぞ、と言って冬坂がハンカチを差し出してくる。

俺は遠慮なく、それを受け取った。

これから殺す者と殺される者。二人のやりとり。

「桜雨さんと八矢さんの『好きな人』はわかりまして?」

間髪入れず、そう聞いてくる。

俺は静かに首を横へ振った。

「わからなかった。だが、冬坂がそれを知る必要はない。現在、〈恋愛学〉の成績は俺と冬坂が九〇点で同率一位だ」

ピクリ、と冬坂の形の良い眉が跳ねる。

きっと冬坂も〈恋愛学〉の状況については把握しているのだろう。全校生徒が八〇点以下の点数に留《とど》まっている。『通常点』では、八〇点までしか辿《たど》り着けない。

そう考えたからこそ、彼女も『固定点』を九〇点まで積み上げ、安心していたのだ。

〈コール〉しない限り、自分以上の点数を持つ生徒は現れない、と。

「……そうですか。残念です。これでわたくしは、青山さんを殺すしかなくなりました」

冬坂が〈学生証〉を操作し、俺に見せつけてくる。

〈コール〉の最終確認画面。そこには、俺と春香の名前が入力されていた。

俺は最後の良心をかき集めて、冬坂に忠告する。

「やめておけ。死ぬぞ」

「……はい？　もしや、青山さんもわたくしを〈コール〉するおつもりですか？」

「いいや、俺は〈コール〉しない。お前が勝手に死ぬだけだ」

「死ぬのはあなたで、殺すのはわたくしですわ」

「他の生徒を〈コール〉するという選択肢もある。このまま同率一位で成績を確定し、学園側に判断を仰ぐという手段も」

「……確かに、そうかもしれませんわね。ですが、通常点だけで九〇点まで辿り着いてしまう、その実力。放置しておくのは脅威ですの。悪く思わないでくださいまし」

「…………そうか」

「最後だから申し上げますが……青山さんと一緒に出かけたデート。存外、悪くなかったですわ。……さようなら」

冬坂が〈学生証〉のボタンをタップする。

それと同時、俺の〈学生証〉が警告音と共に振動した。


『あなたの好きな人は、桜雨春香ですね？　はい／いいえ』


俺の〈学生証〉には、そんな文字が躍っている。

俺は平然と『いいえ』をタップした。――冬坂を、殺すボタンを。

同時に、今度は冬坂の〈学生証〉がけたたましい音を上げる。それどころか、大きな振動と共に電子音声まで流れ始めた。

『警告します。〈コール〉に失敗しました。点数が一〇〇点差し引かれます』

「――――ッ⁉　そっ、そんなはずありませんわ⁉」

こんなにも余裕を失った冬坂を、俺は初めて見た。

真っ青な顔で〈学生証〉を操作し、再度、俺の『好きな人』が春香であると〈コール〉したようだが……もう俺の〈学生証〉には何の表示もされない。

ただ冬坂の〈学生証〉が悲鳴を上げ、無慈悲に彼女の点数を削っていった。

何度も。何度も。……何度も。

冬坂は〈コール〉を繰り返し、その度に失敗して点数を失っていく。

如何《いか》に『固定点』が九〇点あろうとも、その月に『通常点』で一〇〇点差し引かれてしまえば、合計はマイナスになる。

覇王学園の赤点ラインは三〇点。

毎月成績が集計される〈恋愛学〉において、初月で赤点を取ってしまえば、その時点で退学となる。次月以降の『固定点』がいくらあろうと、意味はない。

冬坂は死んだ。

覇王学園の退学が決定したのだ。

「……最初から、疑問に思っていたことがあった」

静かに語り出した俺を、冬坂が震えながら見上げてくる。

まるで化け物でも見るような目で。

「学園側は、どうやって俺たちの『好きな人』を把握するのか」

わざわざ『好きな人』の名前を書いて提出した覚えはないし、仮にそんなことを強要したところで、誰一人として真実を書かないだろう。

加えて、〈恋愛学〉の期間。

必修科目を謳《うた》っているのに、なぜ〈恋愛学〉だけが一ヶ月単位なのか。

本来なら、他の必修科目と同様、学期末で成績を確定すればいい。〈特待生〉の兼ね合いがあるとはいえ〈恋愛学〉だけ一ヶ月区切りというのは、あまりにも不自然だ。

「その謎を解く鍵は、このノートにあった。優秀な首席が記録した、全生徒の点数推移。それを見ていて、俺は気づいた。〈恋愛学〉の点数も〈コール〉の判定も、全ては生体情報の変化量が参照されていることに」

入学二日目の朝。手を触れ合った時のデータ。

あの時、春香には二〇点、八矢には二二点、冬坂には二点が入った。俺の体感とは、かなりズレがある。しかし、〈恋愛学〉の点数が『ドキドキさせた分だけ入る』という美硯先生の説明から、なんらかの法則性は存在しているはずだ。

その法則を考えた際、一つの仮説が浮かび上がった。

それは、観測している生体情報が、直前の状態からどれだけ変化したかで計算がなされている、というものだ。

春香と手を触れ合った時。

俺は朝から『好きな人』＝春香と話していて、すでにある程度ドキドキしていた。だから、急激な生体情報の変化は見られなかった。

八矢に逆セクハラを受けた時は、完全な不意打ちだった。だから、ある程度耐性のある八矢とのふれあいでも生体情報の変化は激しく、一番高い点数が入った。

冬坂と手を触れ合った時が、一番顕著だ。

苦手意識があったからというのもあるが、直前にふざけた生徒が俺にシャーペンを投げたせいで、冬坂の手に触れる前の方がドキドキしていたのだろう。だから、一人だけ極端に点数が低かったのだ。

ここまでわかれば、『好きな人』の判定方法もすぐに思いつく。

要するに、ウソ発見器と同じ原理だ。

〈コール〉された際、『あなたの好きな人は◯◯ですね?』と画面に表示し、選択肢を選ばせる。どちらの選択肢を選ぶかは重要ではない。重要なのは、その画面を視認した際、および、選択肢を選んだ際の生体情報が、直前の状態からどれだけ変化したかだ。

変化量が大きければ、嘘《うそ》をついている、あるいは図星をつかれている証拠となる。

ならば、〈コール〉を回避する方法は、ただ一つ。

生体情報の変化量を小さくすればいいのだ。

「学園側に観測されている生体情報は——脈拍、体温、汗による湿度、GPSの位置情報、辺りだろう。このうち、先の三つが〈コール〉の判定に利用されるはずだ。だから俺は、お前に〈コール〉される直前まで走り込みを続けていた」

脈拍も、体温も、汗による湿度も……冬坂と対面した時が最高値。

緩やかに下がることはあっても、急激に上がることはない。

たとえ〈コール〉が正しくとも、大幅な生体情報の変化が見られない以上、学園側はその〈コール〉が真実だと判定できないのだ。

どこかでチャイムが鳴った。

十五時四十分。全校集会の開始時間。

それは同時に、今月の〈恋愛学〉が締め切られ、冬坂の赤点が確定した瞬間でもあった。

「――――――」

茫然《ぼうぜん》とした冬坂が、その場へ崩れ落ちる。

俺の〈学生証〉には、冬坂が〈コール〉に失敗した分のボーナスとして通常点が一〇点加算されていた。これで累計得点は一〇〇点。晴れて、学年一位だろう。

当然ながら、学園側もこの欠陥には気づいている。

だから〈恋愛学〉の期間を一ヶ月で区切ったのだ。五月以降のルール――〈コール〉の判定方法を変更するために。

一ヶ月も観測を続ければ、様々な状況下でのデータが集まる。

そうなれば、〈コール〉された際の生体情報など見なくとも、前もって各生徒の『好きな人』を判明させることが可能だろう。しかし、〈恋愛学〉開始一ヶ月目の現段階では、こんな方法でしか〈コール〉の成否を判定できなかったのだ。

ちなみに、生徒の点数が八〇点で停滞していた理由も、この『変化量』で説明できる。〈特待生〉選抜のため、学園側は生徒に優劣をつける必要があった。そのため、八〇点以上の高得点を得るには、その点数に相応《ふさわ》しい大きな『変化量』を示さなければならない仕様にしていたのだろう。それを確かめるため、俺は春香に遠回しな告白をした。

あの時点で、俺は全ての仮説を証明していたのだ。

「……言っておくが、これは極めて手緩《てぬる》いやり方だ。お前が俺を〈コール〉しなければ、死ぬことはなかった。本来なら、お前の『好きな人』を暴《あば》いたり、昔のツテを使って冬坂財閥の不祥事を握ったり、渡世《わたらせ》辺りを唆《けしか》けて、お前の心と身体《からだ》に一生消えない傷をつけることもできた」

「…………っ⁉」

「『他者は敵であり、支配するもの』か。結構なことだが、後学のために一つ、良いことを教えてやろう」

「――喧嘩《けんか》を売る相手は選べ」

しゃがみ込んで目を合わせてからそう言うと、彼女の瞳の奥でなにかが壊れた。

人を殺すのは簡単だった。

だれかに優しくするのは、あんなにも難しかったのに。

『――それでは、今月の〈特待生〉を発表します』

扉一枚隔てた向こう側から、マイクを通した理事長の声が聞こえてくる。

冬坂はうずくまったまま動かない。確かにそこにいるはずなのに、心だけどこかへ行ってしまったかのような有様だ。

俺は彼女を視界から外して立ち上がり、目の前の扉を静かに開いた。

『一学年。獲得点数、一〇〇点満点。青山夏海!』

「――はい!」

横の入り口から入ってきた俺に、全校生徒が注目する。

俺は気にせず胸を張って歩き、ゆっくりと壇上へ登った。

理事長がマイクを手渡しながら「なにか一言、あいさつを」と言うので、俺は遠慮なく、前もって用意しておいた台詞《せりふ》を叫んだ。

「俺は今！　この場で〈強制交際権〉を使います‼」

体育館中にざわめきが起こる。

不思議な感覚だった。何百人も生徒がいるのに、春香の姿がすぐに見つかる。真っ赤な顔をして、なにかを期待するようにこちらを見つめていた。

ついでに、八矢の姿も見えた。俺と目が合うと、なぜか慌てた様子でわたわたし、目をそらしながら手櫛《てぐし》で髪の毛を整えている。

壁際《かべぎわ》に目をやると、美硯先生もいた。他の先生は立っているのに、自分だけ折りたたみイスを持参して座っており、気怠《けだる》そうに電子タバコを吹かしている。

……きっと、ここで俺が指名すべき相手は決まっていた。

今この場で『桜雨春香』の名前を挙げれば、俺は五年越しの初恋が実り、綺麗《きれい》にハッピーエンドだったと思う。

……でも、それはできないんだ。

俺は『優しい人』を目指しているから。

このままだと『みんな』を幸せにすることができない。春香の好きな人が『強い人』だというのなら、俺は『優しい人』にならなくてもいいのかもしれない。
それでも……あの日、俺が『運命の女の子』からもらったものは、本物だから。
それと同じものをだれかにあげたいと願ったのも、本心だから。
だから俺は、『優しくて強い人』になりたい。
自分も相手も……『みんな』を幸せにできる、そんな人に。
たとえ春香のようにはできなくても。
俺にしかできない、俺だけのやり方で。
だから――
万感の想《おも》いを込めて、俺はその人の名前を呼んだ。

「――――冬坂麗華《れいか》さん！　お願いします‼」

手が届かないとわかっていても、右手を差し出して頭を下げた。
俺の向いた方向から、彼女の居場所に気づいたのだろう。全校生徒、および教師が、一斉に俺の入ってきた入り口へと向き直る。当の本人である冬坂は、地面にうずくまったまま「え……？」と顔を上げて固まっていた。

そして壇上では、俺の隣に立つ理事長がマイクを通さず耳打ちしてくる。

「……青山くん。きみの意思はわかった。だが、彼女は——」

言いたいことはわかる。

でも、ダメだ。それじゃあ、彼女が救われない。

俺もマイクを通さず、そのままの姿勢で言い返した。

「理事長。俺は〈恋愛学〉で一位をとり、〈特待生〉になりました。今後も、この学園の名に恥じない成績を残すつもりです。ですが、もし俺の好きな人が退学になったら——俺も後を追って、この学園を辞めるかもしれません」

それが、俺のやり方だった。

俺が考えた、俺だけの『人に優しくする』方法だった。

もしかしたら、誰かが言うかもしれない。それも他者を傷つける、最低の行為だと。

相手の弱みにつけ込み、脅迫して、支配する——そんな、非道な行いだと非難されるかもしれない。過去のお前が犯したのと同じ過《あやま》ちだと、嘲笑されるかもしれない。

だけど、違っていることもある。

それは俺が、他者を『敵』ではなく『仲間』だと信じていること。

色んな人を傷つけ、脅迫し、俺自身も『春香と付き合えない』という代償を払った。

それでも……みんなで力を合わせれば、最後は本当のハッピーエンドに辿《たど》り着けると信じている。

その日、〈恋愛学〉で赤点を取り、退学処分となるはずだった冬坂は。

〈特待生〉の交際相手を務めるため、退学が保留となった。

◇

「――どうして助けたんですの？」

全校集会後。

冬坂に呼び出された学園の屋上で、俺はそんな風に尋ねられた。

あの後、俺は大変な目にあった。冬坂のファンと思《おぼ》しき大量の男子生徒に追い回され、阿《あ》鼻《び》叫《きょう》喚《かん》の地獄絵図を体験したのだ。

俺の感覚では、冬坂はクラス内ヒエラルキー暫定一位といった印象だったが……実際はクラス内どころか、学園内ヒエラルキーの頂点だったらしい。

俺に殺意を向けて追い回す生徒の中には、別クラスの男子はもちろん、二年生や三年生の先輩もたくさんいた。

さすが、自信満々に『美女』を自称するだけのことはある。

もっとも、これは見た目だけの問題ではなく、俺同様にハニートラップを仕掛けられ、彼女を『自分の理想の女の子』と誤解した生徒も多数いると思われるが……。

「……俺も、冬坂のハニートラップにやられたのかな」

「茶化さないでくださいまし」

一際強い風が屋上を吹き抜け、冬坂が長い髪とスカートの裾を押さえた。

意気消沈している雰囲気も相まって、彼女も普通の女の子なんだな……と当たり前のことを思う。

「……『他者は敵であり、支配するもの』。冬坂家の家訓ですが、わたくしもその通りだと思いますわ。だからこそ、わかりませんの。青山さんが、なぜわたくしを助けたのか。……わたくしは、あなたの敵でしてよ？」

冬坂がまっすぐに見つめてくる。

その澄んだ目を見ればわかる。これが彼女の、本心からの問いかけであると。

俺とデートした時とは違う、本当の冬坂が聞いているのだと。

その問いに対する答えは明白だった。冬坂に過去の自分を重ねたから。そして、そんな冬坂に優しくしたいと思ったからだ。

俺は、冬坂を傷つけたくなかった。

それが、俺を二週間も悩ませていたものの正体だ。

我ながら、自分の感情に笑えてくる。『運命の女の子』である春香を傷つけ、大切な友達である八矢を傷つけ、水城に多大な負担をかけた。それなのに、俺をそんな状況に追いやった張本人である冬坂だけは傷つけたくないなんて、いよいよ自分の頭がおかしくなったのかと本気で心配になってくるレベルだ。

だけど、それが俺の正直な気持ちだった。

俺はかつて、優しい人になりたいと願った。

春香のような優しい人になるのだと、彼女の前で誓った。

だって春香のくれたものが……あまりにも温かくて、嬉《うれ》しかったから。俺が十年かけて築き上げた『氷の世界』を塗り替えるほど、素敵なものだったから。俺もだれかに同じものをあげられたら、どんなに素晴らしいだろうと夢想した。

そして、そんな『優しさ』を一番あげたいのが、冬坂であり過去の俺なのだ。

だから俺は、冬坂が俺を脅迫してきても、近い未来に〈コール〉されて退学となることがわかっていても、彼女を傷つけることができなかった。それどころか、『冬坂を傷つける』という選択肢すら思い浮かばなかったのだ。『好きバレ』した相手の『好きな人』を暴《あば》くなんて、真っ先に思いつきそうなことなのに。

だけど、あの朝、春香が教えてくれた。

冬坂を傷つけないことが『優しさ』ではないのだと。

かつて俺がもらったような『温《ぬく》もり』をあげることが『優しさ』なのだと。

きっと、俺にノートを託した時も、最初からそれを伝えたかったのだと思う。俺が勝手に誤解して『冬坂を殺せ』と言っているものだと思ったが、実際は正反対。春香はずっと『冬坂を救ってほしい』と願っていたのだ。

改めて考えれば、当然のことだ。

優しい春香が『冬坂を殺せ』なんて言うはずがない。

そして、冬坂に『温もり』をあげるためには、一度、彼女を倒す必要があった。あのまま言葉を重ねたり、俺が犠牲になって退学を受け入れたりしても、冬坂の心には響かなかっただろう。かつての俺がそうであったように、『氷の世界』から抜け出すためには『事件』が必要なのだ。これまでの自分の常識では測れないような、衝撃的な出会いが。

あの時の春香に、俺はなる。

今再び、過去の俺自身を救うために。

「……冬坂」

「はい」

「友達になろう」

「…………はい？」

全く予期していない言葉だったのか、冬坂は呆《ほう》けたように首を傾《かし》げた。

俺は構わず続ける。

「冬坂は美人だ。美人な女の子が友達だと、俺も鼻が高い。あとコミュ力あるから、会話してると楽しい。俺とデートした時のあれ、全部が演技ってわけでもないいんだろ？　それから――」

「ちょっ、ちょっと待ってくださいまし！」

俺が好き放題に喋《しゃべ》っていると、冬坂が手を上げて俺の演説を制した。

むぅ……なぜ止める。俺はまだ話し足りないぞ。

「わかっておられますの!?　わたくしは、青山さんを攻撃したのですわ！　脅迫して、〈コール〉して、退学寸前まで追いやったのですわ!!　それなのに、そんな『敵』と友達になろうだなんて、頭をぶつけられましたの!?」

「フッ……八矢曰《いわ》く、俺は頭がイカレてるらしい」

「なんでちょっと得意げですの⁉」

「『イカレてる』と『イカしてる』って、紙一重じゃない？」

「そんなの字面《じづら》だけですわ‼」

冬坂が大声でツッコむ。

冬坂のツッコミか……新鮮でいいな。

コミュ力高いとボケもツッコミもこなせるから、会話が捗《はかど》るぜ！と和んだのは俺だけで、冬坂はすぐに声のトーンを落としてしまう。

「それに……もし、青山さんが本当にそのおつもりだったとしても、わたくしには信じられませんわ。わたくしの目には、青山さんが復讐《ふくしゅう》の機会を窺《うかが》っているようにしか映りませんもの……」

「……だと思った。だから、証拠を用意した」

「証拠……？」

「五月以降、もし冬坂が俺を〈コール〉したら——俺にはもう、回避する術《すべ》がない」

「──────」

冬坂が絶句して固まった。

状況を正しく認識してくれたようだ。

冬坂は俺の『好きな人』が春香であることを知っているし、今回〈コール〉を回避した方法はネタバラシしてしまった。

そしてそれ以前に、きっと五月以降、学園側は〈コール〉の仕様を変更する。

「命懸けの告白だぞ。もし冬坂にフラれて、友達になってもらえなかったら……俺はこの学園を去るしかない」

「どう、して……そこまで……」

「信じてるからだよ」

「なにを……ですの……？」

「冬坂を」

彼女は一度だって自分がそう『したい』とは言わなかった。

自分の目的は〈理事長権限行使〉なのだと。それを使って覇王学園を冬坂財閥に呑《の》み込むことだと。そしてそれが、彼女の父親の望みなのだと言っていた。

冬坂は最初から、自分の欲望のためには動いていなかった。

なにが欲しいとか、なにがしたいとか、そんなことは一度だって言わなかったのだ。

「俺を〈コール〉した時、言ってくれたよな。俺とのデートが楽しかったって。あの場面で、そんなことを言う必要はない。だから思ったんだ。冬坂もきっと、本当は優しい子なんだろうなって」

「……わたくしは……ただ、悪くなかった、としか……」

己の過《あやま》ちを悔いるように、冬坂が涙を滲《にじ》ませる。

それはおそらく、彼女が初めて見せた『冬坂麗華』の素の表情だった。

どうして彼女がこんなことをしたのか……俺にはよくわかる。俺も、そうだったから。

他者を『敵』だと思い、支配するしかなかった。

そうでなければ、殺すしかなかった。

本当はそんなこと、したくないのに。

それでも、そうするしかなかった。

だって、自分は周囲の人間より優れている必要があったから。

そうでないと、『欲しいもの』が手に入らないから。

そう。彼女の『欲しいもの』は——

「たぶんだけど、冬坂が本当に欲しかったものは……親からの愛情、じゃないのかな」


その言葉を口にした瞬間、冬坂の目から涙が溢《あふ》れた。

小さな嗚咽《おえつ》を上げながら、何度も何度も手の甲で流れる涙を拭う。その仕草はどこか、小さな子どものように見えた。

……俺も、かつてはそうだった。

たとえ勉強ができなくても。運動ができなくても。なにかに失敗しても。当たり前のように、愛してもらいたかった。大切にしてもらいたかった。

だけど、俺たちの親はそれを許してくれなかった。

だから必死に、彼らに好かれる人間となれるよう、世界を敵に回して戦っていたのだ。

一人ぼっちの、孤独な戦争。

周囲がみんな『敵』だらけの世界で、決して勝てない勝負を挑み続けるその日々が……どれほど辛《つら》く、残酷なものだったか。

「……俺がいるよ、冬坂。冬坂にとって、俺が世界で初めての『仲間』だ。大切にする。頼りないかもしれないけど……冬坂が幸せになれるよう、俺も一緒に歩いて行くから」

差し出した俺の手を、冬坂が涙に濡《ぬ》れた瞳で見つめる。

その手を握りたいのに、握れない。あと一歩、世界を変える入り口がすぐそこまで来ているのに——……そんな逡巡《しゅんじゅん》が見て取れた。

その姿が、九歳の少年と重なる。

(……ああ、そうか)

春香と出会った時、俺も本当はそうしてほしかったのだ。

一度もしてもらったことがなかったから。

俺はそっと手を伸ばし、冬坂を優しく抱きしめた。

「……大丈夫だよ。きみはこれから、たくさんの人に愛される。いっぱい、いっぱい、幸せになる。だから、大丈夫だよ」

腕の中で九歳の少年が泣きながら微笑《ほほえ》んだ。

それはかつての俺であり、今の冬坂だった。

あの日、『運命の女の子』が俺にくれたもの。

それを俺も、だれかにあげることができたのかな……と、そんなことを思った。

エピローグ　とある少年のこれから

結論から言おう。俺は失敗した。

言い訳をさせてもらえば、あの時の俺はいっぱいいっぱいだったのだ。

冬坂《とうさか》に春香《はるか》が好きだとバレ、退学の危機に晒《さら》された。

その状態で四月末の期限が迫り、しかし冬坂を傷つけることはできず、春香を傷つけ、八矢《はちや》を傷つけ、水城《みずしろ》にいらぬ負担をかけた。俺のメンタルはブレイク。かなり不安定になっていたのだ。

そんな中、春香と話したことで『冬坂を救う』という方針を得て、彼女のノートがきっかけで〈コール〉を回避する方法を思いついた。それと同時、〈強制交際権〉を使って冬坂の退学を防ぐという妙案まで浮かんだのだ。

絶望的窮地からの一発逆転。

それに飛びついた俺を、誰が責められよう。

しかし、後から冷静になって考えてみると、〈強制交際権〉で冬坂を指名する必要性は全くなかった。〈特待生〉の特権は〈強制交際権〉だけではない。〈理事長権限行使〉を使って、普通に冬坂の退学を取り消せばよかったのだ。

というか、そもそも〈特待生〉の特権を使う必要があったのかも謎だ。

全校集会にて俺が理事長にドヤ顔でした脅迫は、べつに〈強制交際権〉を使用する相手でなくてもよかった気がする。具体的に言えば、〈強制交際権〉で春香を指名したのち、ついでに「冬坂の退学もやめてね？」で通ったのではないかということだ。

……俺としたことがっ‼

これでは、みすみす春香との交際を手放したようなものではないか‼

神童（笑）の呼び名が聞いて呆《あき》れる。

不幸中の幸いは、冬坂が俺の意図を理解していること。そして、五月度の〈特待生〉になれば、再び〈強制交際権〉を使って交際相手を指名できるということだ。

当たり前だが、〈特待生〉が〈強制交際権〉で指名した相手を他生徒が〈コール〉することはできない。五月の〈恋愛学〉でもう一度一位を取り、〈特待生〉になれば——俺はようやく、春香と付き合えるのだ。

そんなわけで、五月七日。

後悔と猛省のゴールデンウィークを終え、久しぶりに学園へ登校する。

長期休暇中は学園の同棲《どうせい》生活も解除され、ほとんどの生徒が実家へ帰省していた。

俺はずっと寮に居座っていたが、クラスのみんなと顔を合わせるのは久しぶりだ。

ちなみに、冬坂に〈コール〉されて退学処分となった生徒九名は、冬坂財閥が学園に多額の寄付をしたことにより、復学が決まったらしい。

冬坂の心境にも、なんらかの変化があったのだろう。

「おっ、おはようございます、ですわっ！」

教室のドアを開くと、切羽詰まったような甲高《かんだか》い声が響いた。

常に余裕のある冬坂とは正反対だ。いったい誰だろう……と振り返ると、冬坂だった。

え、ドッペルゲンガー？

「お、おカバンをお持ちしますわ！　その……な、夏海《なつみ》しゃん！」

盛大に噛《か》んでいた。

……いや、ちょっと待て。ツッコミどころが多すぎて理解が追いつかない。

「あの……冬坂、だよな？　どうした？　カバンは持たなくていいよ」

「はっ、はい！　では、その……お、おはようのキスですのっ⁉」

「なんでやっ！」

思わず関西弁でツッコむ。

なんだ……？　まさか、また〈恋愛学〉で新手の課題が——と周囲を見渡すも、様子がおかしいのは冬坂だけだ。

〈恋愛学〉は関係ないらしい。

状況について行けず困惑する俺を尻目に、冬坂は頰を染めてもじもじする。

「なぜって、その……。……か、カノジョ、ですから……」

「へ……？」

「あーおーやーまー！」

ドスン！と大きな音を立てて、隣の机にボストンバッグが置かれる。

見れば、俺の想《おも》い人で『運命の女の子』であるところの春香が、一週間ぶりにそのかわいい顔を見せてくれていた。……のだが、なんか妙に圧がある。

「一人だけ堂々とイチャイチャできるからって、朝からやり過ぎなんじゃないのー？　そんなことしてたら、全校生徒からヘイトが集まっても仕方ないわよねー？」

「…………………」

反論したいことは山ほどあったが、なにも言えない。

クラス中の生徒から感じる、妬みや恨みの視線。そして、隣の春香が発するラスボスのようなオーラに気圧《けお》され、俺は動けなくなってしまった。

「青山《あおやま》のやり方は、よーく理解したわ。あんな告白まがいのことまでして、点数が欲しかったんだ？　ふーん。へー。そう。〈特待生〉になるためなら、わたしの乙女心を弄ぶのもやむなしと、そういうこと？　清々《すがすが》しいほどの外道っぷりね。感服するわ」

「いや、その件に関しては――！」

「あ、れいちん、おはよーっス。センパイの彼女さんには、これをプレゼントするっス。中学時代、センパイが初めて読んだエロ本っス」

「八矢ぁぁぁあああああ‼」

朝っぱらからエロ本を手渡された冬坂は、顔を真っ赤にしつつも「さ、参考にさせて頂きますわっ！」と言って、素早い動作でブツを自分のカバンに押し込んでしまった。

ていうか、その本、何年も前に処分したはずだよなぁ⁉

なんでお前が持ってる⁉

「……あたしのファーストキス、奪ったくせに……」

唇を尖《とが》らせながら、ぼそっと呟《つぶや》くミツバチさん。

間接キスなのに、まだ根に持ってるのかよ……。

四面楚歌《しめんそか》の状況に絶望していると、チャイムが鳴って美硯《みすずり》先生が入ってきた。俺は最後の希望を彼女に託す。

「先生！　このクラスには、イジメがあります‼」

「そうか。頑張れ」

「…………」

……頑張るけども！

「では、授業を始める。全員、スマホ出せー。……ああ、五月の〈恋愛学〉も順次課題が更新されていくから、各自で進めておくように」

ため息をつきながら、俺も美硯先生の指示に従ってスマホを取り出した。

いったい、どうやって春香の誤解を解けばいいんだ……と苦悩していると、当の本人である春香からメッセージが入っている。

『いつか、あの時した話の続きを聞くから』

反射的に振り向くと、隣の席では限界までそっぽを向いた春香が耳まで赤くしていた。

……がんばるよ。俺は『優しくて強い人』になる。

そのために――

そして今月も、青春のデスゲームが始まった。

エピローグ2　とある少女のこれから

わたしには好きな人がいます。

かつて『神童』の名をほしいままにした天才。青山夏海《あおやまなつみ》くん。

齢《よわい》十歳にして『フェルマーの最終定理』を独力で証明し、末はタイムマシンを発明するか、火星をテラフォーミングするかと期待された数学界の寵児《ちょうじ》。そして、わたしにとっては……同じ学園に通う、普通の男の子。

そう。青山くんは、普通の人でした。

わたしと同じように悩んで、傷ついて、目の前にある問題と必死に向き合う男の子。

そんな青山くんは、五年前よりもっとかっこよく見えて……五年前よりもっと、好きになりました。

……本当は、全部わかってる。

青山くんが、冬坂《とうさか》さんを救うために〈強制交際権〉を使ったこと。

詳しい経緯《いきさつ》は知らないけれど、自分を傷つけた人にまで『幸せ』をあげようとするその優しさに、わたしは胸を打たれました。

だから、わたしは『強くて優しい人』になりたい。

青山くんのように、本当の意味で『みんな』を幸せにできる、そんな人に。自分に敵意を向けてくる人や、自分にとって都合の悪い人でさえも大切にできる、そんな人に。

さしあたって、青山くんと付き合うことになった冬坂さんにも優しく――


――できるかぁっ‼


なによ、それ‼　ズルくない⁉

あれだけ青山くんを悩ませて苦しめたくせに、全校生徒の前で告白されるとかズルい！

ずるいずるいズルい！　羨ましい‼

わたしだって告白されたかったのにぃーーーっ‼

……こほん。いいえ、そうじゃないわ。落ち着きなさい、春香《はるか》。

古来より、恋愛は先手必勝。攻めるが勝ち。告白を待つなんてスタンスが、そもそも間違っていたのよ！

今月こそ一位をとって告白するから！　覚悟してなさいよね、青山くん‼

あとがき

あれは確か、小学五年生の頃だったと記憶しています。

当時、一斉《いっせい》に思春期《ししゅんき》へ突入した私たちの学年では、「だれがだれを好きなのか暴《あば》き合う」残虐《ざんぎゃく》なデスゲームが行われていました。しかも、「好きな人がバレたやつはダサい」という謎の風潮《ふうちょう》があり、デスゲーム敗者はスクールカースト最底辺に位置づけられ、その「好きな人」からも見下される……という、割とシャレにならない環境が広がっていました。

当時の私は、今とは違って真面目子《まじめこ》ちゃん。

大人や先生の言うことをよく聞いて、教室の片隅《かたすみ》でひっそりと息をしている、おとなしめの優等生だったと思います。だから当然、そんなデスゲームには参加しません。

しかし、やんちゃ盛《ざか》りな同級生の中には、私のようなタイプが気に食わないという子も大勢いたのでしょう。「玖城《くじょう》に恥をかかせる滅多《めった》にないチャンスだ！」と息巻《いきま》いた複数名の男子から、集中砲火を受けました。

………結果。

私は、同学年・全男子の「好きな人」を把握《はあく》するに至りました。

……いや、最初はただの自衛《じえい》だったんです。私に「好きな人」を把握された男子はもう突っかかってこないので、火の粉を振り払う自衛的な意味で、相手の「好きな人」を暴いていました。

しかし、そうなると私が複数名の「好きな人情報」を握ってしまうことになり、「玖城の『好きな人』を暴いて脅《おど》せば、大人数の『好きな人情報』が手に入るぞ!」と考えた別の男子が攻めてきて、私はまた自衛のためにその男子の「好きな人」を暴き返し……という流れがエンドレスでした。

ここで話が終われば、私が学年を支配した「俺TUEEE武勇伝《ぶゆうでん》」としてドヤ顔できるのですが、もちろんオチがあります。なんと、当時の私が想《おも》いを寄せていた女の子が、デスゲーム敗者の男子と学年初で付き合うことになったのです。聞けば、彼の「好きな人」がバレたのをきっかけに、両想いだと気づいたのだとか。

デスゲーム、どこにいってしまったん……?

私は独りで泣きました。

だって、だれも私の「好きな人」知らないんだもの……。

辛《つら》い体験でしたが、私は学びました。恋愛は直球勝負。「好きな人」なんて、自分からバラした方がいいのだと！（作品否定）

今回も多くの方からお力添えを頂きました。

素敵なイラストを描いてくださったみすみ様。無限に打ち合わせを重ねてくださった担当編集K様。そして、私の知らないところで本作に関わってくださった皆様。心より感謝を申し上げます。

もちろん、一番の感謝は今ここを読んでくださっている読者様へ。

あなたの幸せと恋の成就《じょうじゅ》を、心からお祈りしております。

玖城　ナギ

お便りはこちらまで

〒一〇二−八一七七
ファンタジア文庫編集部気付
玖城ナギ（様）宛
みすみ（様）宛

富士見ファンタジア文庫

好《す》きな人《ひと》がバレたら死《し》ぬラブコメ

俺《おれ》を好《す》きじゃないはずの彼女《かのじょ》が全力《ぜんりょく》で惚《ほ》れさせようとしてくる

令和３年12月20日　初版発行

著者――玖城《くじょう》ナギ

発行者――青柳昌行

発　行――株式会社KADOKAWA
〒102-8177
東京都千代田区富士見2-13-3
0570-002-301（ナビダイヤル）

印刷所――株式会社暁印刷

製本所――本間製本株式会社

ISBN978-4-04-074183-3 C0193 ◇◇◇

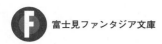